魔法科高中的劣等生 司波達也暗殺計畫 2

The irregular at magic high school
Plan to Assassinate Tatsuya Shiba

佐島 勤
Tsutomu Sato
lustration／石田可奈
Kana Ishida
illustrator assistant／ジミー・ストーン

Kadokawa Fantastic Novels

現金卡

預付型的塑膠貨幣。每張卡各自設定了上限金額，支付時會當場寫入消費金額。取得方式舉例來說，能以十萬圓購買十張上限一萬圓的現金卡，或是以一百萬圓的支票交換十張上限十萬圓的卡片。
額度與消費金額的差額，由使用者設定一天、一星期、一個月或半年的期限進行總計與結算，將餘額匯回使用者的銀行帳戶。
導向使用者帳戶的ID是在支付時和金額一起寫入，因此沒用過的現金卡無從得知是發行給誰使用。
沒用過的現金卡也可以在櫃檯依照額度辦理退款。用在非法交易的時候就是利用這個機制拆成小額換款。

輕羽連鞭（Feather Lash）

字面意思是「使用羽毛的鞭打」。
黑羽亞夜子的攻擊魔法。以疑似瞬間移動將許多羽毛、碎布或紙片射向敵人，在即將命中時將慣性中和逆轉為慣性增幅。和艾莉卡的「山怒濤」原理相同。
羽毛維持柔軟度，藉由增幅的慣性維持力道打向敵人。這種柔韌的攻擊像是以無數鞭子鞭打般重創敵人。
使用在想要留活口制服對方的場合。

「櫻」系列

四葉家掌管的前第四研（魔法技能師開發第四研究所）連同開發程序一起讓渡的調整體系列。
該系列在設計上的特性，是在架設能夠保護兩人以上（自己與護衛對象）的反物資耐熱魔法護盾時發揮優秀的能力。
不過以櫻崎奈穗的狀況，她只能製造直徑數公分到十幾公分程度的小規模護盾，因此被判斷不適合護衛工作。

「有希小姐，請您趕快起床吧！
要吃早飯了！」
有希
的少女。
，卻是比
兩歲的十
體強化」
。識別代
。
「……謹遵您的命令。」

黑羽亞夜子
達也與深雪的從表妹。
和弟弟文彌是雙胞胎。

「我是櫻崎奈穗！
請您多多指教！」
櫻崎奈穗
四葉家派遣到有希身邊的
「暗殺者見習生」少女。
識別代號是「Shell」。
以暗殺為業
看起來年幼
司波達也大
九歲。「身
的超能力者
號是「Nut」

不擅長攻擊型魔法的亞夜子，
用來阻止敵人接近她造成威脅的王牌魔法，
其名為「輕羽連鞭（Feather Lash）」。

「若取此信，
認吾已逝。
梓弓
張弦永不歸，
路草之露。」
「妳經驗不足。
這樣的話還不能
給妳證照。」

魔法科高中的劣等生 司波達也暗殺計畫 2

The irregular
at magic high school
Plan to Assassinate Tatsuya Shiba

佐島 勤
Tsutomu Sato
illustration／石田可奈
Kana Ishida

某個超乎常理的少年，

某個暗殺者的少女。

從兩人邂逅的那一刻起，

命運的齒輪將

朝著更為離奇的方向開始轉動——

Kadokawa Fantastic Novels

Character
登場角色介紹

榛 有希

以暗殺為業的少女。
看起來年幼，卻是比司波達也
大兩歲的十九歲。
「身體強化」的超能力者。
識別代號是「Nut」。

鰐塚單馬

有希的搭檔兼照顧者。
執行暗殺任務時
大多全程在後方支援。
識別代號是「Croco」。

櫻崎奈穗

四葉家派遣到有希身邊的
「暗殺者見習生」少女。
使用獨特的「閃憶演算」。
識別代號是「Shell」。

兩角來馬

擔任殺手組織「亞貿社」社長的老人。
他自己也擁有千里眼的特異能力，
是「不算魔法師的忍者」。

司波達也

就讀國立魔法大學附設第一高中的二年級學生。
有希遭遇的魔法師少年。
將妹妹深雪視為必須保護的存在。

司波深雪

就讀國立魔法大學附設第一高中的二年級學生。
溺愛哥哥達也。
擅長冷卻魔法。

黑羽文彌

達也與深雪的從表弟。
和姊姊亞夜子是雙胞胎。
進行作戰行動時是使用「闇」這個識別代號來稱呼。

黑羽亞夜子

達也與深雪的從表妹。
和弟弟文彌是雙胞胎。
進行作戰行動時是使用「夜」這個識別代號來稱呼。

藤林響子

擔任風間副官的女性軍官。
階級為少尉。

黑川白羽

黑羽家旗下的魔法師。
以特務員身分輔助文彌。
甲賀二十一家的後裔。

Glossary
用語解說

亞貿社
以超能力者、忍者組成的殺手組織。雖然是犯罪結社，
卻標榜「制裁無法以法律制裁的惡徒」理念。社長是兩角來馬。

超能力者
擁有身體強化等異能之人的總稱。
原先魔法在受到確認的當初，其能力被稱作超能力。
而在西元2094年的現在，多數超能力者成為魔法師。

魔法科高中
國立魔法大學附設高中的通稱，全國總共設立九所學校。
其中的第一至第三高中，每學年招收兩百名學生，並且分
為一科生與二科生。

一科生的徽章

花冠、雜草
第一高中用來形容一科生與二科生階級差異的隱語。
一科生制服的左胸口繡著以八枚花瓣組成的徽章，不
過二科生制服沒有。

CAD
簡化魔法發動程序的裝置，內部儲存使用魔法
所需的程式。分成特化型與泛用型，外型也是
各有不同。

司波達也的 CAD

司波深雪的 CAD

Four Leaves Technology〔FLT〕
國內一家CAD製造公司。原本該公司製造的魔
法工學零件比成品有名，但在開發「銀式」之
後，搖身一變成為知名的CAD製造公司

托拉斯・西爾弗
短短一年就讓特化型CAD的軟體技術進步十年，
而為人所稱頌的天才技師。

Eidos〔個別情報體〕
原為希臘哲學用語。在現代魔法學，個別情報體
指的是「伴隨事物現象而來的情報」，是「事象」
曾經存在於「世界」的紀錄，也可以說是「事象」留在「世界」的足跡。依照現代魔法
學的定義，「魔法」就是修改個別情報體，藉以改寫個別情報體所代表的「事象」的技
術。

Idea〔情報體次元〕
原為希臘哲學用語。在現代魔法學之中，情報體次元指的是「用來記錄個別情報體的平
台」。魔法的原始形態，就是將魔法式輸入這個名為「情報體次元」的平台，改寫平台
裡「個別情報體」的技術。

啟動式
為魔法的設計圖，用來構築魔法的程式。
啟動式的資料檔案，是以壓縮形式儲存在CAD，魔法師輸入想子波展開程式之後，啟動
式會依照資料內容轉換為訊號，並且回傳給魔法師。

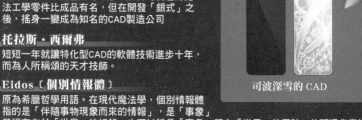

想子
位於靈異現象次元的非物質粒子，記錄認知與思考結果的情報元素。
成為現代魔法理論基礎的「個別情報體」，成為現代魔法骨幹的「啟動式」和「魔法式」技術，都是由想子建構而成。

靈子
位於靈異現象次元的非物質粒子。雖然已經確認其存在，但是形態與功能尚未解析成功。
一般的魔法師，頂多只能「感覺到」活化狀態的靈子。

魔法師
「魔法技能師」的簡稱。
能將魔法施展到實用等級的人，統稱為魔法技能師。

魔法式
用來暫時改變伴隨事物現象而來的情報之情報體，
由魔法師持有的想子構築而成。

魔法演算領域
構築魔法式的精神領域，也就是魔法資質的主體。該處位於魔法師的潛意識領域，魔法師平常可以意識到魔法演算領域並且使用，卻無法意識到內部的處理過程。對魔法師本人來說，魔法演算領域也堪稱是個黑盒子。

魔法式的輸出程序
❶從CAD接收啟動式，這個步驟稱為「讀取啟動式」。
❷在啟動式加入變數，送入魔法演算領域。
❸依照啟動式與變數構築魔法式。
❹構築完成的魔法式，傳送到潛意識領域最上層暨意識領域最底層的「基幹」，從意識與潛意識之間的「閘門」輸出到情報體次元。
❺輸出到情報體次元的魔法式，會干涉指定座標的個別情報體進行改寫。

「實用等級」魔法師的標準，是在施展單一系統暨單一工序的魔法時，於半秒內完成這些程序。

魔法的評價基準（魔法力）
構築想子情報體的速度是魔法的處理能力、
構築情報體的規模上限是魔法的容納能力、
魔法式改寫個別情報體的強度是魔法的干涉能力，
這三項能力總稱為魔法力。

始源碼假說

主張「加速、加重、移動、振動、聚合、發散、吸收、釋放」四大系統八大種類的魔法各自擁有正向與負向共計十六種基礎魔法式，以這十六種魔法式搭配組合，就能構築所有系統魔法的理論。

系統魔法

歸類為四大系統八大種類的魔法。

系統外魔法

並非操作物質現象，而是操作精神現象的魔法統稱。從使喚靈異存在的神靈魔法、精靈魔法，或是讀心、靈魂出竅、意識操控等等，包括的種類琳琅滿目。

十師族

日本最強的魔法師集團。一条、一之倉、一色、二木、二階堂、二瓶、三矢、三日月、四葉、五輪、五頭、五味、六塚、六角、六鄉、六本木、七草、七寶、七夕、七瀨、八代、八朔、八幡、九島、九鬼、九頭見、十文字、十山共二十八個家系，每四年召開一次「十師族甄選會議」，選出的十個家系就稱為「十師族」。

含數家系

如同「十師族」的姓氏有一到十的數字，「百家」之中的主流家系姓氏也有十一以上的數字，例如「『千』代田」、「『五十』里」、「『千』葉」家等等。
數字大小不代表實力強弱，但姓氏有數字就代表血統越純正，可以作為推測魔法師實力的依據之一。

失數家系

簡稱「失數」，是「數字」遭受剝奪的魔法師族群。
昔日魔法師被視為武器暨實驗樣本的時候，評定為「成功案例」得到數字姓氏的魔法師要是沒有立下「成功案例」應有的成績，就得接受這樣的烙印。

The International Situation

2096 年現在的世界情勢

以全球寒冷化為直接契機的第三次世界大戰——二十年世界連續戰爭大幅改寫了世界地圖。世界現狀如下所述：

USA合併了加拿大以及墨西哥到巴拿馬等各國，組成北美利堅大陸合眾國（USNA）。

俄羅斯再度吸收烏克蘭與白俄羅斯，組成新蘇維埃聯邦（新蘇聯）。

中國征服緬甸北部、越南北部、寮國北部以及朝鮮半島，組成大亞細亞聯盟（大亞聯盟）。

印度與伊朗併吞中亞各國（土庫曼、烏茲別克、塔吉克、阿富汗）以及南亞各國（巴基斯坦、尼泊爾、不丹、孟加拉、斯里蘭卡），組成印度、波斯聯邦。

亞洲阿拉伯其餘國家，分區締結軍事同盟，對抗新蘇聯、大亞聯盟以及印度、波斯聯邦三大國。

澳洲選擇實質鎖國。

歐洲整合失敗，以德國與法國為界分裂為東西兩側。東歐與西歐也沒能各自整合為單一國家，團結力甚至不如戰前。

非洲各國半數完全消滅，倖存的國家也只能勉強維持都市周邊的統治權。

南美除了巴西，都處於地方政府各自為政的小國分立狀態。

西元二〇九六年四月二十五日。日本的魔法大學附設第一高等中學進行了一場歷史性的實驗。後世稱為「回天之曙光」或「破局之火種」的常駐型重力控制魔法式熱核融合爐，通稱「恆星爐」的實驗順利成功，主導者是不到二十歲的高中生。

【1】

這間店位於橫濱市山下町，通稱「中華街」的街道一角。

無論從店面或規模來看，稱為高級餐廳也不為過吧。

鮮少露面的餐廳老闆叫做周公瑾。雖然這個名字像是令人聯想到三國志英雄的假名，但當事人表示是本名。

西元二〇九六年五月上旬的某天夜晚。

周公瑾打破不露面的慣例，招待一組客人。

對方是年約五十歲的生意人及其護衛。

「您意下如何？我認為對於岩切先生來說，這也是有利無弊的計畫。」

面對名為岩切的生意人，周公瑾邀他享用老酒，同時投以笑容。

「但是小西這名女性率領的反魔法主義團體，好像擺脫不了各種偏激的事蹟。不只是成員經常引發鬥毆案件，聽說還是教祖親自下令的。」

岩切語氣並不粗魯，言詞卻頗為犀利。

「這是傳聞。」

但是從周公瑾的表情、聲音與態度都看不出慌張。

「即使成員被警察逮捕，他和該團體的關係也不會被報導出來。」

周公瑾的笑容反倒像是更顯從容。

「今後，即使哪個成員殺了一個人，也絕對不會有媒體在報導的時候，將他和小西小姐連結在一起。更不可能追究小西小姐的人際關係。」

周公瑾上半身探向桌面，要為岩切的杯子倒滿老酒。

拉近距離之後，周公瑾向岩切低語。

「您不就是在找這種『棋子』嗎？」

岩切的眉頭微微一顫。

倒完老酒的周公瑾，回復為原本的坐姿。

「更重要的是，岩切先生和小西小姐都想除掉同一名對象。」

年約五十歲的生意人，像是豁出去般哼聲一笑。

「我不否認。」

想要酸個幾句，卻藏不住厭惡的感覺。岩切的語氣反映他複雜的心情。

發洩這份情感的對象不是周公瑾。

「要是實現核融合發電，我們的業界會遭受打擊，這是無從隱瞞的事實。雖說使用了魔法，但我不認為核融合爐能這麼輕易進入實用階段。」

「如您所說，魔法絕非萬能。這次的實驗距離實用性的核融合爐也還差得遠。」

周公瑾說到這裡暫時停頓，裝出嚴肅表情。

「不過，比起至今進行的任何實驗，這次由魔法大學附設第一高中學生進行的『恆星爐』實驗，可以說朝著核融合爐的實用化更進一步。」

「……一高的司波達也嗎？」

「以岩切先生的立場，應該無法坐視吧？」

岩切在中堅的電力公司擁有部長頭銜。現代電力供給的主流是太陽能發電，不過細分為以太陽能板直接發電、利用太陽熱能的蒸氣渦輪、利用太陽熱能的熱空氣引擎、以光觸媒氫氣產生器製造氫氣運作的燃料電池、同樣透過陽光生成氫氣利用的氫氣渦輪發電等各種形態。

即使同樣是太陽能板發電所，也分成在浮島鋪設太陽能板的海面型、在空地設置太陽能板的陸地型、從民家或大樓屋頂設置的太陽能板收購電力的批發型等三種業態。

岩切的公司是太陽能板的陸地型。太陽能板性能難以繼續提升的現在，發電量取決於能確保多少日照良好的土地。

陸地的面積有限。不只是可增設太陽能板的土地受限，即使是正在使用的土地，要是利益率偏低就會轉為高收益的用途。若是電力供需壓力大幅緩解，行政機關也可能以有效活用土地或治水、改善環境的名目介入。

利用魔法的核融合發電擁有多少收益性，現階段不得而知。但是無法樂觀看待。要是第一高中學生所說的「恆星爐」正如計畫進入實用階段，就能不分日夜也不受天候影響提供大量電力。

對於岩切的公司與同業來說，魔法核融合爐是不容忽視的潛在威脅。司波達也研發的技術或許會在將來逼得岩切的公司破產。而且岩切的工作就是不擇手段摘除這種攸關公司存亡的嫩芽。

同業的其他公司也有職員負責和岩切一樣的工作，他們基本上會互助合作。雖然公司彼此是競爭關係，但是對於業界共通的敵人會攜手排除。即使所屬的組織不同，他們也可以說是夥伴。

魔法核融合爐技術是一大威脅。不只是岩切，他們都有這樣的認知。必須用盡各種手段阻止該技術進入實用階段，他們已經達成這項共識。

實現魔法核融合爐的關鍵人物——司波達也的暗殺計畫，也包含在可用的手段之中。不對，已經當成最有效的對策檢討是否實行。不過，即使岩切他們基於工作特性和黑道交情匪淺，說到要進行殺人計畫也不簡單。如果只是找殺手不會花太多工夫，但如果他們受到質疑，公司會受到打擊。殺手人選的條件是不得和岩切他們有任何關係，同時擁有殺害司波達也的動機。

不過，這麼稱心如意的殺手不可能輕易找得到。尋找暗殺人選陷入瓶頸，焦慮心情在岩切等人之間蔓延開來。周公瑾就是在這時候前來接觸。

話是這麼說，但岩切並非代表業界出席。形式上甚至不是公司代表。

「……說得也是。我無法忽視那名少年的存在。好吧。周先生，我決定依照你的建議，見那位小姐一面。」

岩切始終是以個人身分處於這裡。所以他不必找人討論就能斷然決定。

「知道了。那麼我想盡快和對方安排行程，方便詢問您何時方便嗎？」

「後天晚上怎麼樣？」

岩切的回應雖然不到強人所難，對於對方來說也不友善。

因為夜已深，周公瑾聯絡對方應該是明天的事，而且突然就要求對方空出隔天的行程。

「地點約在這裡方便嗎？」

但是，周公瑾的眉頭連顫都不顫。

「無妨。」

「那麼，我來準備場地吧。」

周公瑾就只是恭敬行禮致意。

◇◇◇

送岩切離開餐廳，是換日前一小時的事。周公瑾移動到平常辦公的書房，鎖門之後朝視訊電話伸手。

即使是深夜，他按下通話鍵的手指也毫不猶豫。

鈴聲沒響到第三聲。

『周先生，等您的電話很久了。』

出現在視訊電話螢幕上的是一名中年女性。雖然並不是不能稱為美女，不過客觀來看，周公瑾長得比較俊美。

「抱歉這麼晚打擾。岩切先生到現在才終於離開。」

『請不必在意時間問題。那麼，你們談得順利吧？』

聽到周公瑾的回應，畫面上的女性——小西雙眼暗藏猛禽發現獵物的光芒。

「岩切先生希望在後天夜晚和您見面……」

『知道了。』

周公瑾還沒說完，小西就像是搶話般回應。

『我七點過去叨擾。』

「晚上七點是吧，我會轉告岩切先生。」

『那麼後天見。』

小西露出滿意的笑容。

這是正如計畫獲得「客戶」的庸俗笑容。

◇◇◇

二〇九六年五月十一日，星期五夜晚。

灰色廂型車從都市高速公路來到深夜的東京市中心。

廂型車停在高級娛樂區入口處的路肩。坐在副駕駛座，一路板著臉沉默，表達不悅心情的少女明顯嘆了口氣。

「Nut，身體不舒服？」

駕駛座的男性詢問少女。語氣和字面上相反，聽起來不太擔心。

「……我說啊，Croco，我覺得最近的我工作過度。」

即使實際年齡十九歲，看起來卻只像是不到十五歲的這名少女——代號「Nut」的榛有希，再度故意嘆了口氣，以字句、語氣與表情表達不滿。

但是駕駛座的男性——代號「Croco」的鱷塚態度沒變。

「是嗎？今晚的案子只是這星期的第二件啊？」

所以不算是工作過度。如果有希是普通粉領族，鱷塚的指摘肯定沒問題。

「一星期一件都算太多吧！我是殺手耶！」

不過在這個場合，應該是有希的主張占上風。她的職種並不普通。一名殺手一星期就接到三四份工作的這種社會，肯定已經一隻腳踏進內戰狀態。

「上次的工作是跟那邊有關的緊急案子……」

「所以跟公司的工作分開算？早知道就不該成為什麼直屬手下。」

有希是隸屬於「亞貿社」這個組織的殺手。但她有另一名雇主，再怎麼忙都不能推掉那邊的工作。本週已經完成的工作不是來自公司的命令，是無視於她的行程臨時插入的案件。

「妳講這個只是馬後砲吧？而且今晚的工作，可以展現妳平常所說的『女性的魅力』喔。」

「……揍你喔。」

「老天保佑老天保佑。」

看見有希握拳，鱷塚故意發抖給她看。鱷塚知道她不是玩真的才敢這麼做。有希是身體強化的異能力者，如果她認真起來，空手就能輕易送鱷塚歸西。

有希放鬆緊握的右手，低頭看自己的身體。差點不禁露出自嘲的笑容，還好及時忍住。她覺得要是自己承認不適合這種打扮就輸了。

「穿成這樣可以完成工作嗎……」

有希的服裝以一句話形容就是黑色小禮服。全黑膝上A字連身裙的簡潔宴會禮服。鞋子是五公分高的中跟包鞋。由於目標對象喜歡嬌小女性又不是戀童癖，就以這身打扮迎合對方喜好。

「強度肯定沒問題就是了。」

當然不是如外表所見的禮服。連身裙本身的布料也是防割規格，但是不只如此，長手套與褲襪乍看是透出膚色的薄材質，其實是以厚實的防彈防割布料製成。手套足以擋住戰鬥刀的刀刃，褲襪也是即使脫鞋跑在碎玻璃上也不必擔心受傷的優秀護具。

「會場只有盛裝打扮的女性可以進入，又要接受徹底的身體檢查，所以無論如何都沒辦法帶武器進去。」

「豆腐吃到飽是吧，爛到骨子裡了。」

「所以才有我們上場的機會啊。」

有希所屬的亞貿社，標榜只以「爛透」的對象做為下手目標。

「這是工作，所以抱怨也沒用吧。」

有希掛著認命的表情，將手伸向車門把手。

「我出發了。」

「小心啊。」

有希就這麼背對鱷塚單手揮了揮，沿著行人專用道的巷子走進娛樂街。

二〇九六年五月十二日星期六的早報，以不少篇幅報導東京鬧區發生的一起命案。

遇害的死者共四人。之所以大篇幅報導，是因為遇害者之一是參與能源行政的高官，另外三人是電力公司的職員。遇害場所是傳聞提供性招待用的某個會員制俱樂部，因此很容易引媒體上鉤。

媒體焦點集中在高官的品行。

他在那裡做了什麼？

他至今做了什麼？

他付出什麼？獲得什麼？

被殺的電力公司職員不太受到注目。記者們群聚的對象不是再也問不出話的死者，是願意回答他們問題的公司幹部。

採訪遇害者遺族的麥克風不多。

舉目無親的遇害者更不用說，報導只寫出「岩切來人」這個姓名，甚至沒提到他在公司的職稱。

◇　◇　◇

兩年前，有希一個人住在公寓套房。不過她在去年底搬到三房一廳的大樓。不是有希自己想搬家，是雇主的命令。

她是隸屬於亞貿社的殺手，但真正的上司另有他人。

兩年前的春天，亞貿社併入十師族四葉家的分家——黑羽家旗下。

起因在於有希被某個少年目擊工作現場，也就是暗殺現場。

如果這名少年**只是**普通人，只要當場滅口就沒事。不，即使不是普通人，如果他**只是**不良少年，**只是**遊民，只是混混，只是流氓……總之如果是隨處可見的普通對象，肯定都能輕易收拾。

然而這名少年是特別的存在。名為「司波達也」的少年，是有希這個專業暗殺者應付不了的怪物。是即使有希在極近距離開槍，都能將子彈**空手接住化為粉塵的怪物**。

而且這名少年不只他自己特別。在他背後撐腰的，是黑暗城市居民視為「帶來毀滅之邪神」而畏懼的四葉家。

企圖暗殺司波達也的有希，引來四葉分家黑羽家長子——黑羽文彌的介入。有希和文彌數度交手，支援有希的亞貿社到最後整個組織向黑羽文彌投降。有希自己也在苦吞慘敗之後再也沒氣力對抗司波達也，被文彌抓走逼迫誓忠。

亞貿社納入黑羽家旗下，是敗給黑羽文彌的結果。此時的有希不是經由公司接受黑羽家的支配，而是成為文彌的直屬部下。

平常從事亞貿社的工作，就像是被派遣到相關公司那樣。公司有權命令有希，但她真正必須服從的是文彌個人。

星期日上午，鱷塚來到比亞貿社**公司宿舍**還要徹底重視保全的這棟大樓。鱷塚在有希加入亞貿社之前就是她的搭檔，即使雇主換人，這層關係也沒有變化。

「早安。妳今天早就醒了啊。」

「我也不是每天都睡到下午喔。」

鱷塚獨自從遙控開鎖的門一直走到飯廳，有希就這麼坐在餐桌前迎接他。有希臉上還沒上妝（俗稱的「素顏」），睡翹的頭髮沒完全整理好，而且有希本人與鱷塚都不在意的樣子。

「所以，一**大早**有什麼事？」

「已經十一點多了耶……」

「還是上午吧？那現在是早上也沒錯吧？」

「不，哎……不提這個。Nut，妳前天回收的情報終端裝置，裡面的資料清查完畢了。」

「找到什麼？」

鱷塚搖頭一次，重整心情說出正題，有希也以睡意完全消失的眼神看他。

「正如預料，裡面藏著買春客的名單，也有賣春那邊的資料。並非只有女生喔。」

「當然啦，畢竟也有女性政治家與官僚，而且女人也有性慾。」

「不過顧客以男性占壓倒性多數。然後，還在儲存裝置深處挖出別的檔案……」

鱷塚的語氣變得結巴。

「……我開始有不好的預感了。」

有希也不只是嘴裡說說，一副想跑的樣子。

不過大概覺得不能沒聽就了事吧，她以視線催促鱷塚。

「是以暗殺『那個人』為目的的會談錄音檔。不過我想是偷錄的。」

「妳說的那個人是……『那個人』？」

「應該是『那個人』沒錯。」

有希與鱷塚臉色鐵青對看。

「……放那個錄音檔給我聽。」

鱷塚回應有希的要求，以自己的終端裝置播放複製的聲音檔。

「Nut……怎麼辦？」

有希板著臉聽完播放的聲音檔之後，鱷塚問。

「哪能怎麼辦……不能做壁上觀吧？」

一反嘴上所說，有希臉上寫著「不想牽扯進去」。

◇　◇　◇

有希提供情報，黑羽文彌因而得知中堅電力公司的司波達也暗殺計畫，立刻打電話給本家四葉家的當家四葉真夜。

「哎呀哎呀，達也還真辛苦啊。」

真夜在視訊電話螢幕裡聽完文彌的報告，掛著忍笑的表情低語。

從她的態度感覺不到嚴肅氣息，螢幕裡的文彌以沉默表明不滿。

文彌的可愛抗議沒壞了真夜的心情。她的表情反倒愈來愈愉快。

「不必這麼擔心吧？只是當地企業的犯罪部門聯手，你認為達也會栽在他們手裡嗎？」

『達也哥哥不可能栽在任何人手裡。』

文彌就這麼沿用真夜的說法斷言。比起信賴更像信仰的這種說法，使得真夜終於失笑。

「……對不起。不過，也對。達也現在因為先前的實驗而受到注目，所以即使是正當防衛，暴力衝突見光也不是好事。」

『在下也這麼認為。』

聽到真夜暗示要介入，文彌大概是害怕她再度改變主意，立刻出言附和。

真夜看向站在一旁的葉山管家。

「屬下認為可以交給文彌大人。」

葉山回應主人的視線，恭敬點頭。

真夜和螢幕上的文彌四目相對。

文彌的臉稍微緊繃，大概是多了一層緊張吧。

「文彌，這件事交給你處理。不過我想你應該知道，你也得避免見光。」

『在下明白。』

文彌隱藏身分就讀第四高中。身為四葉一族與從事諜報工作都是祕密。他自己也很清楚。

「那孩子，叫做什麼名字……對了，榛有希。就用她吧。她人在東京，所以剛剛好吧？」

成為暗殺目標的達也住在東京。另一方面，文彌住在第四高中所在的濱松。即使目的不是護衛而是殲滅暗殺組織，也確實不太方便。

「還有，希望你可以接管一個見習生。」

『訓練中的戰鬥員嗎？』

三十多年前，四葉家因為某個事件，失去約半數的魔法師戰力。在那之後，擴充戰力成為他們的重要課題。即使現在保有的戰力已經超過當時，四葉家依然快馬加鞭培育戰鬥魔法師。

在訓練的最終過程分配到的實戰任務，不侷限於四葉家。既然培育為諜報或暗殺要員，交給黑羽家可說是妥當的選擇。

「嗯。雖然是櫻系列的女生，但是魔法特性不太適合護衛。」

『真罕見。』

魔法師的培育會從初期階段就投入基因改造技術。國家開發的魔法師或多或少都接受基因改造。即使當事人沒接受基因改造，也從父母以上的世代繼承改造過的基因。

但他們接受的基因改造，是透過統計得出適合「製造」魔法師的精子與卵子結合為受精卵，再去除成為遺傳病原因的基因異常。類似的卵子與精子結合製造的個體要是彼此生兒育女，預測會面臨等同於近親結婚的風險，才會進行這種處置。

相對的，在受精前的階段就設計基因圖譜誕生的魔法師是特殊案例，命名為「調整體」藉以和其他類型的魔法師做區別。

按照同一份基因設計製造的調整體以「某某系列」的名稱歸為同一類，即使不像同卵雙胞胎擁有完全相同的基因，一般來說也具備相同的體質與魔法特性。不過即使不到「罕見」的程度，也會以低機率誕生魔法特性異於同系列調整體的個體。

調整體「櫻系列」在反物資與耐熱魔法護壁的建構擁有卓越的特性。依照魔法特性，一般來說擅長個人或團體的護衛以及建築物的防衛。文彌說「罕見」是基於這個原因。

「魔法力沒有問題，所以我不是想把她當成護盾，而是當成武器使用。是這個孩子。」

真夜說著操作手邊的遙控裝置。

『櫻崎奈穗，今年十五歲的女生嗎……』

文彌看著傳送的手邊的資料，有點為難般低語。因為年齡比想像的小。

「家事能力達到及格標準喔。」

『……知道了。我會派她住進有希家擔任幫傭。』

雖然乍聽之下像是毫無關係，但文彌沒聽漏真夜這句話的意圖。

◇◇◇

「所以，我是從今天起受您關照的櫻崎奈穗！請您多多指教！」

分配給有希的出租住宅飯廳。

有希就這麼坐在椅子上，以質疑的目光瞪著面前可愛鞠躬之後掛著笑容，個頭比她還嬌小的少女。

「……妳說的『所以』是哪門子的邏輯？」

「咦？是說明的方式出問題嗎？那我從頭再說一次喔。我的名字是……」

「櫻崎奈穗對吧？我聽過了。」

「啊，這樣啊。」

即使聽到有希不悅的聲音，自稱奈穗的少女也絲毫無動於衷。

「那我簡單扼要為您說明，依照黑羽文彌大人的命令，我有幸住進這裡擔任幫傭。」

「啊啊，確實這麼說過……」

有希一臉不耐煩看向奈穗，視線緩緩從腳尖到頭頂，從頭部到右臂與右手指尖，再從右手回到右臂，移向左臂與左手指尖。

即使受到粗魯的觀察，奈穗也不改笑容。就某種意義來說，這是理想的客套笑容。不會讓看見的人覺得假惺惺而煩躁，只會讓對方放鬆緊張的笑容。

包括這一點，有希不喜歡這名少女的一切。

嬌柔的手腳，聊勝於無的胸，細細的腰。

體型如同誇飾一般強調出有希一直感到自卑的「缺乏女人味」，身材線條卻又柔和到看起來只像是少女。

眼角稍微下垂，刺激保護慾的容貌。深褐色長髮綁成麻花辮，兩條辮子的髮型也加強她稚嫩無害的氣息。

不過，有希知道。

這是擬態。

像是草食小動物的外表底下，藏著肉食獸的利爪與利牙。不，或許是藏著蠍子的毒針。

有希就是利用自己年幼的外貌接近獵物，所以看得出來。有希其實討厭自己不成熟的外貌，討厭工作時利用這份外貌的手法。名為櫻崎奈穗的少女，就像是這種「討厭的自己」極端化的存在。有希以同類互斥的直覺看穿這一點。

「……所以，方便請您收留我嗎？」

奈穗收起笑容，以正經表情問。

有希坐著，奈穗站著。奈穗的視線位置比較高。

即使如此，奈穗依然像是揚起視線，她的眼神引得有希咂嘴。

「這是文彌的命令吧？那我可沒有拒絕的權利。」

有希的回應明顯在抗拒。

「謝謝您！」

即使如此，奈穗卻露出花朵般的笑容。

◇◇◇

奈穗展現的態度姑且算是尊重現有住戶——有希的意願。具體來說，在獲得有希答應之前，沒將自己的行李搬進屋內。

不過，有希不情不願表明同意的一小時後，包含家具的奈穗行李都搬進來了，動作俐落到只覺得她沒想過會被請回去。明顯看透有希基於立場無法拒絕。

有希內心當然不是滋味。她有苦難言看著奈穗拆箱。

反觀奈穗大概從一開始就不指望幫忙，不在意有希只是旁觀，俐落整理好自己的東西，迅速打造出可以生活的狀態，然後立刻穿上圍裙，拿起吸塵器的控制器。

有希住的大樓具備現代平均水準的家庭自動化系統，所以只要沒忘記設置，使用原始設定也能維持清潔的居住環境。但即使有自動化系統，成果也會依照使用方式與使用者而大不相同。

這個事實接下來將清楚擺在有希眼前。

奈穗拿起控制器不到一小時，有希家的每個房間都乾淨到認不出來。清理垃圾或塵埃的功能明明誰來使用都一樣，打掃完的印象卻截然不同。而且比起按照原始設定打掃整間屋子，所需時間節省將近一半。

「……」

奈穗露出做作的笑容，向噘嘴的有希說話。

「雖然晚了，但我立刻準備晚餐。」

時間已經超過晚上八點，這時間吃晚餐確實有點晚。

不過，有希是在今天上午得知中堅電力公司非法活動部門的司波達也暗殺計畫，在中午過後回報文彌。文彌向四葉家當家報告的時間是下午一點。奈穗來到這棟大樓是下午五點前。想到這裡，事態就可以說是急遽進展。

「嗯。」

有希愛理不理地回應。但她不高興並不是因為晚餐太晚吃。十一點起床的她大約在下午三點吃午餐，還不到飢餓的狀態。

只不過，即使有希餓到心情不好，奈穗也肯定不在乎。

「有什麼不愛吃的食材嗎？」

「我不挑食。」

這是謊言。有希沒有吞不下去的料理，但是苦的東西都不太敢吃。

「那太棒了。」

不知道是真的沒察覺有希愛面子，還是假裝沒察覺，奈穗以愉快語氣留下客套話之後消失在廚房。

雖然有希感到不甘心，但奈穗以現有材料迅速製作的晚餐很好吃。

「……妳也吃啊。」

「好的，我開動了。」

餐桌正對面笑咪咪看著有希用餐的奈穗，聽有希說完拿起筷子。

看來是在等待許可。

（搞錯時代了吧！）

有希一邊在內心咒罵一邊動筷。

跟不上她的步調。

別再管這傢伙了。

有希如此心想，決定專心吃飯。

「話說回來，要殺誰？」

因此，奈穗這句話成為冷箭。

「嗚，咳！咳咳……」

嘴裡的東西差點噴出來，有希連忙吞下肚，因而狂咳。

「哎呀哎呀，還好嗎？」

奈穗遞出杯子，有希像是搶劫般接過來一口喝光內容物。

杯子見底的下一秒，有希背脊竄過一陣惡寒。自己毫無防備吞下今天初遇對象準備的飲料，她慢半拍感受到危機。

關於奈穗的身分，在行李送到之前就比對過。雖然是透過電話，但已經聽文彌親口證實奈穗確實是他派遣的少女。不過就算這麼說，也不表示可以不必提防。文彌認為有希已經沒用而打算處分的可能性，以及奈穗背叛文彌的可能性都不是零。

……不過，有希這次喝的是單純的水。

確認沒有中毒的自覺症狀，有希平復內心，重新注視奈穗的臉。

「妳這傢伙……不是幫傭嗎？」

「別這樣啦，差不多別再叫我『妳這傢伙』，請叫我『奈穗』吧。」

奈穗沒回答有希的問題，以有點鬧彆扭的語氣說。

「啊，叫我『小奈』或『奈奈』或『奈妹』也行喔。」

然後以撒嬌的語氣補充。

「奈穗，回答我的問題。」

「我是幫傭喔。」

有希不理會奈穗的玩笑話，但奈穗看起來沒因而壞了心情。

「是幫傭兼暗殺者見習生。」

她回答有希問題的語氣開朗又純真。

「暗殺者見習生……？」

無從捉摸的反應，反倒令有希感到困惑。

「是的。」

如果不怕誤解，奈穗完全可以歸類為我行我素的個性。

「我……更正，屬下原本是培育為保護要人的戰鬥魔法師，卻因為不適合護衛而落選。原本應該會遭受處分，後來決定**回收**為暗殺成員。」

「…………」

「『處分』代表的意思，如今無須重新說明。」就有希看來是說出相當沉重的祕密，但奈穗的語氣與表情仍舊開朗。有希的直覺對她說明奈穗是在陳述事實，不過看奈穗的態度會覺得是惡質的玩笑話。

該怎麼回應？有希窮於反應。

「重新接受暗殺者的訓練，好不容易獲得及格分數。協助大小姐您的工作，就是代替畢業考的任務。」

奈穗的說明，有希也能認同到某種程度。亞貿社的殺手都是被延攬加入，所以沒有類似錄取測驗的東西，不過以她聽過的業界情報，某些組織會分派任務給新人，依照成果決定是否錄取。

「……大小姐？」

有希在意的不是奈穗說明的內情。

「這是在說我嗎？」

「是啊？」

不過就奈穗看來，她沒能立刻理解有希為何這麼問。

「……啊，難道說，稱呼您『主人』比較好？」

「……別這樣。」

「那麼，叫『老大』？」

「駁回！」

「唔～～不然該怎麼稱呼……」

「……叫我『有希』就好。」

「有希大人？」

「不需要『大人』！甚至不准加！」

「這樣啊……那麼叫您『有希小姐』？」

「……這樣就好。」

「那麼重新來過。有希小姐，請您多多指教。」

奈穗雙手放在併攏的膝蓋，低頭致意。

「我沒選擇的餘地吧？」

有希一臉不高興地轉過頭去，回應奈穗。

［2］

小西蘭在社會上的頭銜是志願組織（非法人團體）的代表。組織名稱是「人本生活與社會促進協會」。不是宗教法人，甚至不是宗教團體——表面上是如此。

不過只要稍微見聞這個團體的活動，就知道他們是標榜排斥魔法師的「人類主義」激進活動分子，活動內容和盲信的宗教團體沒什麼兩樣。

然而，小西蘭別名西小蘭，曾經是香港國際犯罪組織「無頭龍」的當地協力者，現在成為旅居美國無國籍華僑顧傑的爪牙，擔任反魔法主義的祕密幹員，知道這個內幕的人屈指可數。

「……即使岩切先生過世，已經接下的工作還是會繼續進行。這是當然的吧？岩切先生的夥伴會代為支付酬勞，我沒有收手的理由。」

『聽您這麼說，我就放心了。』

在視訊電話螢幕裡微笑的周公瑾，知道小西蘭不為人知的一面。

但是小西蘭不知道周公瑾是她幕後靠山——顧傑的徒弟。

「先前勞煩周先生仲介，我知道您難免放心不下……但是請不必擔心。雖說是魔法師，也終究是毫無後盾的高中生，我們會確實處理掉。」

『看來是我太多管閒事。那麼，等您的好消息。』

周公瑾退讓的態度，比小西猜想的還要乾脆得多。

「——一點都沒錯，真的是多管閒事。」

小西朝著變黑的視訊電話螢幕咒罵。她對周公瑾說的那番話不是虛張聲勢。暗殺國立魔法大學附設第一高中二年級的司波達也。

小西真心認為這工作不會太難。

當然不是毫無根據就樂觀看待。

接受岩切的委託之後，小西一如往常動用自己的部下、外部的情報販子以及能利用的所有管道徹底調查目標對象。結果確定司波達也沒有任何後盾。

目標對象在著名忍術使——九重八雲那裡出入的事實，真要說的話是擔憂要素。但九重八雲和司波達也之間沒有師徒關係，這是可信任的情報。

而且九重八雲在某方面堅持「隱士」這個身分。實際使用忍術招式的事蹟，少到配不上他在世間的響亮名號。

九重八雲不會為了不是徒弟的高中生走出寺廟。小西如此判斷。常和她來往的情報販子也持相同意見。

沒發現其他可能成為阻礙的要素。

看他因為魔法核融合爐實驗而被世人捧上天，小西認為這個高中生應該還算聰明。

不過依照調查結果，魔法實技的成績很差。不知為何好像活躍於去年的九校戰，不過已知他直到去年都待在實技成績不佳的學生就讀的二科生放牛班。

雖說是魔法師，戰鬥力肯定也沒什麼大不了。

小西深信自己組織的實力足以完成這份工作。

◇◇◇

五月十三日，星期日夜晚。

奈穗將晚餐碗盤交給自動洗碗機，再度坐在飯桌前。

有希在正對面的座位喝著冰拿鐵。是加入大量不苦焦糖漿的超甜口味。奈穗認為自己也算是很愛甜食，卻沒自信敢喝那個。輕易就能想像自己喝到一半就想漱口的未來。

不過有希面不改色。不只如此，最後還輕聲說「有點苦……」這種話。剛才的料理那樣調味沒問題嗎？奈穗受到不安的驅使。

「請問，有希小姐……」

「嗯？」

「剛才的料理……不，關於該料理的那個目標……」

剛才的料理合您的口味嗎？奈穗原本想這麼問，卻在中途換個話題。

關於調味，奈穗在用餐時問過好幾次，有希沒有抱怨。感覺要是現在再問一次很煩人。

「啊啊……這麼說來，剛才話只說到一半。」

大概是切換得很順，有希沒察覺奈穗中途變更話題。

「還沒查出是誰受託暗殺達也大人吧？」

奈穗的態度沒有裝模作樣或假惺惺的成分，也是有希不感突兀的原因吧。奈穗被派遣到有希身邊，主要是協助殺手工作。奈穗確實意識到這一點——但是幫傭的工作，她也自認一點都不馬虎。

「錄音提到『小西』這個姓，所以我心裡有底。」

「是嗎？」

「將魔法師視為眼中釘的團體，領導者姓『小西』的只有這傢伙。『人本生活與社會促進協會』。哈！沒事找事做。」

有希口出惡言，是因為對小西的組織名稱感到不齒。

奈穗對此也有同感，卻也不是百分百接受有希的斷定。

「在打著反魔法旗幟的團體裡，符合條件的或許只有一個，不過暗中敵對魔法師的團體也不少吧？亞貿社納入黑羽家旗下之前，聽說也是反魔法師的立場。」

有希稍微板起臉。以前的亞貿社某方面確實難免令人這麼認為，但現在是在四葉分家黑羽家這個魔法師集團底下活動的組織。她覺得被人這麼誤解不太妙。

不是出自熱愛公司的精神，是有希要自保。

在這個世界上，任何小事都可能把人拖進泥沼。

「只是社長個人對忍術使燃起對抗心態罷了。公司的立場沒有和魔法師敵對。」

「這樣啊，原來如此。」

「總之，是不是小西的教團在搞鬼，這邊正在求證。不會毫無根據就斷定。」

「那麼，求證屬實的話就會行動吧？」

奈穗這次也沒什麼異議的樣子。

「哎，就是這麼回事。至少不會今晚立刻出動。」

「知道了。」

奈穗以孩子氣的動作點了點頭。「這麼說來……」她輕聲說。

「怎麼了？在意什麼事就說說看吧。」

有希從奈穗的語氣覺得她有所顧慮，催促她說下去。今後（即使情非得已）將住在同一個屋簷下。若是擔憂什麼事最好早點解決。有希生性這麼認為。

就算這麼說，如果是無法回答……更正，不想回答的問題，有希完全不會回答。

「好的。那個，在『工作』的時候，我稱呼您『Nut小姐』比較好吧？」

「沒錯。不對，不必加『小姐』，叫我『Nut』。」

「知道了。」

奈穗以接近「知道了～」的音調，做出和剛才相同的回應。

「所以……」

不過她的問題沒有就此結束。

「我要叫什麼呢？」

「啊？」

「就是我的識別代號啊。」

「啊啊……用妳至今使用的就好吧？」

大概是打從心底覺得「無所謂」吧。有希甚至沒藏起自己不耐煩的表情。

「那就叫『小奈』……假的假的，我開玩笑的啦。」

看到有希握緊拳頭，奈穗連忙搖動腦袋與雙手。

「臨時證照都領不到的訓練生沒有識別代號喔。」

「說得也是。」

有希放鬆緊握的右手，露出接受的表情點頭。

「工作的時候使用本名確實不方便……這麼說來，『櫻崎奈穗』是本名嗎？」

「是本名喔。戶籍已經用這個名字登記了，直接使用果然不妙吧？」

有希與奈穗一齊點了點頭。旁觀的話是一幅溫馨光景。這兩人或許能相處得很愉快。

「……總之，什麼代號都可以吧？重點是別洩漏身分，在我們之間通用就好吧？」

「說得也是。唔～～……」

奈穗食指抵著下顎沉思，然後輕敲手心。這少女的一舉一動都很做作，應該說充滿漫畫風格。

「對了！叫做『Shell』怎麼樣？不覺得很可愛嗎？」

「怎樣都好，不過這是什麼意思？殼？」

大概真的覺得「怎樣都好」吧。有希問得滿不在乎。

不過聽完奈穗的回答，漠不關心轉變為好奇心。

「雖然也有『殼』的意思，不過在這裡是『炸裂彈』的意思。」

「喔……」

即使看起來是孩子，奈穗依然是黑羽家派來的魔法師。「炸裂彈」這稱呼肯定反映她拿手魔法的性質。

究竟會使用什麼樣的招式？有希以深感興趣的眼神看向奈穗。

◇ ◇ ◇

五月十四日，星期一。

小西蘭立刻從自己率領的**教團**成員徵召到「砲灰」。

和披著基本教義派宗教外皮的恐怖組織不同，她沒保證成員能上天堂享福。

也沒保證靈魂獲得救贖，或是來世能獲得幸福。

基於這層意義，她的「教團」確實不是宗教組織。

就算這麼說，卻也不是以暴力統治組織。

小西蘭賦予信徒們的是不受迷惑的境地。不必煩惱於複雜化社會的複雜化價值觀，單純思考並且單純行事。如果她不是宗教家，或許可以說是團體心理治療師。

說穿了，她提供單純的「正義」。

認知自己是正義的一方，會帶給人們快感。

人們陶醉於站在正義一方的自己。

比起以民主主義程序進行各種妥協而成立的合法概念，不寬容又獨善的「社會主義」之所以獲得更大的支持，是因為人們喜歡單純的正義。是因為複雜的思想、信念、權利、得失若要磨合是一件麻煩事，甚至會帶來痛苦。是因為只要相信單純的正義，就不必屈服於利害關係對立的多數派意見而感到屈辱，不必蹂躪少數派的意見而感到內疚。

皈依小西的人們，拚命守護她主張的善，以生命為代價要除去她提出來當成箭靶的惡。信徒們過於極端的舉止，使得政府當局懷疑他們接受洗腦，但目前提不出證據。小西完全不怕警方搜查。畢竟信徒不可能背叛她，也完全沒使用會留下痕跡的藥物。即使警方懷疑她，也不會逮捕她。她有這樣的自信。

這次她同樣沒花太多工夫召集人馬，也不怕警方出動，就獲得自動自發站出來要除掉司波達也這個邪惡魔法師的「正義劊子手」。

◇　◇　◇

今天，有希難得在十點前起床。除了工作所需，她很少在這種符合常理的時間（也不能這麼斷言就是了）下床。

只是她並非主動起床。是被同居人叫醒。

「有希小姐，請再早一點起床啦。不然早餐過多久都沒辦法收拾吧？」

有希以意識朦朧的狀態坐在飯桌前，奈穗對她發了不知道第幾次的牢騷。換句話說，有希是基於這個原因被拖下床。

有希至今默默聆聽奈穗的責備。但這不是因為她接受奈穗的說法。

「……明天起不要做我的早餐。所以不必叫我。」

只是腦袋還沒清醒到能將反擊轉換為話語。

「不行喔。」

只不過，奈穗沒有因而退縮。

「規律的飲食生活是健康的基礎。如果因為工作非得將作息調到晚上就算了，除此之外應該好好早起吃飯。」

奈穗雙手扠腰，以說教的語氣如此主張。表情很適合「氣噗噗」這個擬態詞。

「中午之前起床，過凌晨之後睡覺。對於經常在晚上工作的我來說，這是規律的作息。」

「說這什麼話，又不是漂亮的夜晚大姊姊。」

「喂！」

「嗯？……啊，沒有啦，我不是說有希小姐不漂亮喔！」

有希忍不住大聲嚷嚷的理由，奈穗慢半拍才理解。只是她雖然姑且道歉，看起來卻一點都不在乎。

「只是和那種職業的大姊姊們不一樣，有希小姐不一定會在夜晚工作吧？尤其這次的案子，不是也必須配合達也大人的作息時段嗎？」

奈穗的主張有道理。有希也不得不承認。

「我的工作不是那個人的護衛。」

有希這麼回嘴與其說是賭氣，應該說是固執己見的結果吧。

「也應該考慮在反擊逮到嘍囉之後，抓住幕後黑手的尾巴吧？」

不過終究是逼不得已的辯解，輕易就容許奈穗反駁。

「……妳真用功啊。」

反觀有希好不容易才以酸溜溜的語氣，擠出連挖苦都稱不上的這句話。

「謝謝誇獎！我姑且剛考上臨時證照喔！」

正如猜想，奈穗露出絲毫不覺得被酸的笑容。

四葉的殺手有證照？有希如此心想，但她預感會聽到不得了的回答，所以打消詢問的念頭。

◇　◇　◇

有希在餐桌前面懶散收看有線電視的時候，鱷塚來了。之所以沒在客廳看電視，是因為這個家是沒有客廳的三房一廳格局。

「Nut……現在還沒十一點耶？妳居然已經吃完早餐……不對，妳居然會吃早餐，到底是哪門子的心態變化？」

由奈穗帶領來到飯廳的鱷塚劈頭這麼說。

「我的心態一點都沒變喔。」

「變的是環境——同居人嗎？那個少女是什麼人？」

「文彌派來的幫傭。」

有希以不太嚴肅的語氣回答。

「不是普通的幫傭吧？」

但即使有希以正經態度瞞騙，鱷塚也不會被蒙混過去吧。

「為什麼知道？像是洩漏殺氣或是不發出腳步聲，她應該沒露出這種內行人的特質吧？」

有希聽奈穗本人表明是「殺手見習生」之前都沒發現她的真實身分，是因為她的舉止與氣息和外行人沒有差別。鱷塚是從哪裡看出奈穗不是普通幫傭？有希真的很好奇。

「因為黑羽家不可能派普通幫傭過來。」

不過說穿了就很單純。

有希覺得期待落空，但立刻重新認為「說得也是」。

聽他這麼一說就覺得沒錯。文彌不可能為了有希特地派遣普通的家管員過來。萬一真的擔心有希的生活能力，肯定會選擇更年長，看起來就有兩把刷子的專業人員。

「好像是幫傭兼殺手見習生。」

「見習生？」

「嗯。這次的案子好像要當成那傢伙的測驗。」

「原來如此……」鱷塚輕聲說。他比有希還熟悉「業界」的事。這在他們的世界並不稀奇。

此時奈穗端了冰紅茶過來。不是融化會變淡的加冰紅茶，是連同玻璃杯急速冷卻的純紅茶。她不知道口味要怎麼拿捏，所以用別的容器準備糖漿與牛奶。

奈穗將玻璃杯紅茶擺在鱷塚與有希面前，裝糖漿與牛奶的兩個小壺擺在兩人之間。接著她將自己的玻璃杯擺在桌上。「是鱷塚先生吧？」她問。

「我是櫻崎奈穗。請多多指教。」

奈穗恭敬地深深鞠躬。之所以沒稱呼「鱷塚大人」，是因為有希禁止奈穗叫她「大人」，所以取個平衡。

鱷塚以親切無礙的笑容回應奈穗的問候，有希在旁邊命令奈穗坐下。

奈穗聽話坐下，有希當著她的面拿起糖漿小壺，用到見底。

換算約六七顆方糖的糖漿注入有希的紅茶。

奈穗費了不少工夫，才沒露出傻眼的表情。

不過對於鱷塚來說是家常便飯。他不以為意喝起純紅茶。

奈穗連忙起身要去拿糖漿補充。不過她看懂鱷塚露出微笑搖頭的肢體動作，屁股坐回椅面。

「所以？」

有希無視於鱷塚與奈穗之間進行的無言對話，以簡單話語詢問鱷塚。

大概因為是老交情，所以鱷塚這樣就聽得懂。

「關於昨天的事。」

「已經查到了？了不起。」

有希的讚美很簡潔。奈穗則是毫無反應。

不過內心成為對比。

有希認為以鱷塚的能力當然做得到。

反觀奈穗其實是驚訝到發不出聲音，也沒反映在表情上。

「不知道對方什麼時候會出動。」

鱷塚的語氣一如往常，看起來不在意兩人的反應。

「接受委託的確定是『人本生活與社會促進協會』。」

「果然是那個團體嗎？」

有希正如自己所說，露出「果然」的表情。

「請問……『人本生活與社會促進協會』是什麼樣的組織？宗教團體嗎？」

但是奈穗不清楚這個團體。即使有希與鱷塚兩人逕自理解，奈穗也被蒙在鼓裡。

有希瞥向鱷塚。

搭檔使眼神將說明工作扔過來，鱷塚絲毫沒露出不滿表情，整個身體重新轉向奈穗。

「名義上不是宗教團體。不過在知道一定實情的我們之間，將他們稱為『小西教團』。」

鱷塚以此做為開場白，對奈穗詳細說明這個教團。

信奉人類主義的反魔法主義團體。

成員屢次引發鬥毆案件，鬧到警察出動。

即使背負三件殺人案的嫌疑，依然只接受自願性的偵訊。

成員絕對服從組織的代表——小西蘭。

「……成員言行過於盲從，也被質疑可能被小西洗腦。但是沒查出手法。」

「洗腦嗎……沒有用藥的痕跡？」

有希在這裡插嘴。

「警方首先也是這麼懷疑，不過從逮捕的成員或前成員的體內沒驗出藥物。」

鱷塚重新轉向有希搖了搖頭。

「也有藥物短時間就消失吧？」

「即使藥物成分本身消失，要是頻繁使用到讓洗腦效果永續，就會在體內留下某些痕跡。除非使用的藥物是以未知技術合成，連這樣的痕跡都不存在。」

「那個女人這麼了不起？」

有希提出疑問，鱷塚看起來略微猶豫。

「……還有什麼情報嗎？」

有希這個問題推了鱷塚一把。

「關於小西蘭的背景，有一個雖然不確定但不容忽視的傳聞。」

「傳聞？」

「聽說她在為中國黑幫牽線。以前好像是和香港的組織合作，因為該組織瓦解，所以靠山改成美國華僑黑幫。」

「這傳聞還真詳細耶？」

從傳聞可以得知這麼多？有希基於這個意思詢問。

「因為沒能證實，所以無法拿來買賣。」

除了有希助手以及亞貿社社員的工作，鱷塚也兼任自由情報販子。也就是對他來說，這個情報的等級不足以賣給客戶。

「那麼，假設這個傳聞是事實……」

有希當然知道鱷塚的副業。從他的職業意識來看，沒有根據的情報只是謠言吧。有希暫且將此擺到一旁，回到剛才的話題。

「警方可能被收買嗎？」

「好像沒有。」

「可能不用藥物就洗腦嗎？」

「得先定義什麼程度叫做洗腦……不過要把內心對魔法師反感的普通人改造為瘋狂的反魔法主義信徒，應該不需要藥物吧。」

聽完鱷塚的說明，有希與奈穗都目瞪口呆。

「……瘋狂的信徒？洗腦是這麼簡單的事嗎？」

有希以疑惑的語氣問。

「人類這種生物，會相信自己想相信的東西。」

鱷塚露出有點空虛的苦笑回答。

「還有，刺激罪惡感也很有效。以斷食或熬夜削弱身心，帶受害者過來或是拿照片給他看，刺激罪惡意識之後輕聲說『教你贖罪的方法』。內心脆弱的人類，光是這樣就能輕鬆整倒喔。」

內心輕易被操縱的人們何其脆弱。鱷塚的空虛感顯示他看破世間的心態。

「……真惡毒。」

有希以苦瓜臉低語。

「如果不是壞蛋，應該不會想做洗腦這種事吧。」

「說得也是。」

然後她嘲諷般扭曲嘴唇。

「這是小西蘭的手法嗎？」

有希一臉洋洋得意地斷定。

「不……」

但是鱷塚回以否定的反應。

「如果只是『說服』，即使能打造出瘋狂信徒，應該也不可能教唆他們殺人。」

「為什麼？」

大概是要隱藏尷尬，有希以粗魯語氣反問。

「我們經常忘記，不過對於一般人來說，殺人就是這麼大的禁忌。」

鱷塚的回答出乎有希的意料。她確實忘記「正常現代人避諱殺人」的事實。

「就算派人無法無天亂來很簡單，指定特定對象派人殺害肯定也很困難。即使當事人自以為下定決心殺人，到了真正動手的階段也會猶豫。這不是很正常嗎？」

鱷塚說著瞥向奈穗。

這是下意識的眼神，擔憂奈穗也位於「正常」範疇的眼神。

鱷塚沒意識到自己視線的意義，但承受視線的奈穗敏感解讀他沒說出口的疑念。奈穗當然感到不滿，卻將情緒藏在心底，以嚴肅表情發問。

「換句話說，使用了不是藥物的不正常手段。這就是鱷塚先生的結論吧？」

「是……吧。」

即使語氣結巴，鱷塚還是肯定奈穗的詢問。

「具體來說，您心裡有底嗎？」
奈穗繼續詢問。
「不，還沒有頭緒。」
鱷塚沒逞強，老實回答。
「奈穗，別太強人所難。」
有希隱約從奈穗的態度感受到危險氣息而插嘴。
「昨天才剛開始調查。即使憑Croco的本事，也沒辦法查得一清二楚。」
「咦？不，我沒這個意思……」
奈穗不是感到遺憾，而是露出「主人這番話出乎我的意料」的驚訝表情看向有希。
「我不知道調查是從昨天開始，不過再高明的偵探也有查不到的事，我認為這是當然的。」
鱷塚不是偵探。不過有希與鱷塚本人都沒做出可能離題的吐槽。
「妳想表達什麼？」
總之，他們決定先讓奈穗說出想說的話。
「我可以理解難度，但應該要摸清對方的底牌吧？而且要盡快。」
「這種事不用妳說，我們也知道。不過具體上要怎麼做？」

「無法從外部調查的事情，只要進入內部或許能意外地輕鬆查明喔。」

聽到有希這麼問，奈穗像是「我等這個問題等很久了」說出自己的點子。

「要不要由我假扮信徒潛入那個教團？雖然自己這麼說不太對，但我外表長這樣，應該不太會被提防。」

奈穗大概自以為這個計畫很好吧。

「不行。」

所以被斬釘截鐵駁回之後，她藏不住內心的不滿。

「咦～～為什麼？」

「突然進行潛入任務太魯莽。何況妳不是魔法師？魔法師潛入反魔法教團太亂來了。」

「就算是魔法師，我也不會露出馬腳喔。這種程度，我知道該怎麼做。」

奈穗說出這種話，是因為鱷塚以「妳派得上用場嗎？」的疑惑眼神看她。她還是十五歲的孩子，卻無法忍受被當成沒用的傢伙。希望他們盡快承認我能成為戰力。這是奈穗的真心話。

或許因為是孩子，所以更無法控制自己想獲得認同的慾望。而且奈穗在四葉家一度被判定不及格，或許她認定「沒有下次」。

「不行。」

不過有希也才十九歲。她的人生經驗不足以考量奈穗的隱情巧妙說服她。

「使用魔法就會被發現是魔法師。如果不使用魔法，妳就是軟弱的丫頭。我不能讓妳進行潛入敵陣這種危險的任務。」

冷漠的駁回招致奈穗的反彈。

「……有希小姐不也是丫頭嗎？」

「我不是丫頭。明天就二十歲了。」

奈穗的反駁只是嘴硬不服輸，但有希的話語也可以說不太成熟。

「不只是年齡。我有實績，也有技術。」

「說到近身戰術，我也接受過千錘百鍊！」

有希與奈穗互瞪。說起來，事情開端是奈穗對鱷塚點燃過度的競爭心態，但現在奈穗賭氣的矛頭朝向有希。

「有趣。」

有希朝奈穗露出肉食獸的笑容。

「那就讓我見識妳的本事吧。」

「正如所願。讓您看看我不用魔法也能戰鬥。」

確定目標對象的報告會，不知何時發展成自己人的比試。

[3]

魔法師之間的比賽，一般是在沒有障礙物的寬敞房間光明正大進行。

若是實戰形式的模擬戰，大多使用遼闊的山林或整棟建築物。

不過殺手的比試不會在視野良好的房間進行，也不需要寬敞的空間。

不被對方發現接近過去，不給反擊的空檔就打倒。在知道彼此是目標的狀況下，讓對方大意接近過去，趁著還在大意時解決的手段無法使用，所以必然會演變成伺機偷襲的戰鬥。

在過於寬敞的空間這麼做，屈居下風的一方只會到處跑白費時間，所以競技的行動範圍會限定在大型樓房的一層或是中小樓房的兩層左右。這是殺手之間的格鬥戰形態——不用說，狙擊手有其他的比賽形式。

四葉家、四葉分家黑羽家以及亞貿社，都有這種訓練設施。

只是四葉家的訓練設施現在集中於本家聚落，有希無法進入。

亞貿社的設施反倒是局外人奈穗無法使用。按照方針，奈穗的真實身分不會透露給有希與鱷塚以外的人。黑羽家派奈穗到有希住處這件事已經知會亞貿社，所以社員以為奈穗是兼任傳令的幫傭。

使用刪除法之後，兩人的模擬戰在黑羽家的訓練設施進行。

黑羽家身為分家的根據地在前愛知縣。不過黑羽家基於諜報專家的性質，在日本各地設置據點，在各地的主要都市附近都擁有訓練設施。東京郊外也有一個規模雖小，卻對應肉搏戰、近身戰與槍械戰的室內設施——此外在沒用為訓練的時候，會當成生存遊戲的會場出租賺外快。

「先走與追蹤，要哪一種？讓妳選。」

今天的比試在訓練用大樓的頂樓，也就是四樓進行。在三樓與四樓之間的階梯轉角，有希對奈穗這麼問。雖然看起來從容，但在心理層面沒能占上風。

「那麼，我先走。」

奈穗以乾脆的態度說完衝上樓，甚至沒確認可以先走幾秒或幾分鐘等條件，也就是不需要任何優勢，屬於心理作戰上的反擊。

有希當然也沒因為這樣就不耐煩。她確實停留整整一分鐘才開始走上樓。

大樓的四樓是廢墟。

在牆壁半毀的大樓裡戰鬥，現在的日本國內幾乎不可能有這種機會。不過在實際的辦公大樓只會發生單純的遭遇戰吧。如果是租商大樓就可以拿隔板或貨架當成遮蔽物，擬定更好的周旋策略，不過在整理得宜的賣場難免欠缺狀況的多樣性。如果舞台總是設定為商業設施，戰術會變得狹隘。

而且，當成室內生存遊戲的會場時，為了回應顧客的需求，也需要設置日本沒有的場景。

有希無聲無息走在瓦礫散落各處的走廊。

她的服裝是薄運動上衣、牛仔褲、幾乎無跟的膠底短靴。沒穿特殊的戰鬥服，完全是上街的外出服。

說到另一邊的奈穗，她穿著長袖圓領上衣、工作褲、人造皮的運動鞋。一樣是便服。

兩人的服裝都反映這場模擬戰的性質。不是戰場上的廝殺，是預設為在街上暗殺的比試。

有希觀察毀壞牆壁的另一側，走到四樓走廊的中段。

還沒掌握奈穗的位置。

她完全斷絕氣息。

（喔……挺厲害的。）

有希自負對於氣息滿敏感的。不只是她自己這麼認為，亞貿社的殺手同夥之間也對有希的索敵能力另眼相看。

奈穗漂亮躲過有希敏銳的知覺。

到這裡可以給她及格分。有希心想。

（好啦，該怎麼做？）

停下腳步思考的時間不到一秒。

有希朝全方位釋放殺氣。以魔法技術的角度來說，是以無系統魔法發射不含事象干涉力的環狀想子波，但有希不是魔法師。這不是以魔法形式學到的技能，是伴隨體術習得的技術。

非物理的粒子——想子和物質或現象重疊，形成忠實記述其性質的組織體。魔法師以這種想子情報體為目標使用魔法。

現代魔法從原理來說，是操作想子建構情報體或魔法式，暫時改寫個別情報體的技術。個別情報體會依照事象的變化改寫。將這個程序逆轉，以魔法式覆寫個別情報體，讓事象產生變化。這就是四大系統八大類的現代魔法。

個別情報體是複製事象附屬情報的想子組織體。不過即使沒有認知個別情報體的知覺能力，人們也都包覆著想子並且釋放想子波。即使肉眼看不見，無法以聽覺、嗅覺、味覺與觸覺捕捉，人類的肉體也確實釋放非物理的波動。

既然是自己身體產生的波動，只要進行鍛鍊，雖然有程度差異，但確實能控制這種波動。魔法師和非魔法師的人類並非完全不同的物種。

外行人即使被殺氣打中，也不知道被潑了什麼東西吧。頂多是「隱約覺得不舒服」的程度。

不過如果擁有足以完全隱藏氣息的能耐，不可能不知道自己被殺氣鎖定。即使看不見槍口或刀尖，一般來說都會不由得反應。

奈穗被殺氣命中，依然保持鎮定隱藏氣息。

但也沒辦法毫無反應。

有希左後方的門發出聲音開啟。門鎖損壞的門猛然撞上牆壁發出巨大聲響。

有希轉過身來。

反彈成為半開的門後，沒出現任何人。

襲擊來自有希行進方向的左側，她回頭之前的左斜前方，崩塌牆壁的另一頭。

奈穗嬌小的身體，從牆壁V字型崩塌的空隙竄出。

空中的奈穗射出細長的小刀。是小型飛刀。刀尖磨圓，刀刃沒開鋒，即使命中也不會傷人，但如果著實命中，比試就會結束。有希不是拍落模擬刀，而是大幅後退閃躲。

有希閃躲暗器的時候，奈穗趁機著地重整態勢。

奈穗從工作褲口袋抽出沒出鞘的戰鬥刀。她選擇工作褲是因為藏武器的口袋很多。奈穗以拇指彈開扣具，將刀鞘向下甩到地面。

「小次郎落敗！」這句話浮現在有希腦海，但她沒說出口。即使無法打亂奈穗的陣腳，這麼做也可望有效削減她的氣勢，但要是使用這種奸詐手法導致自己的勝利被吹毛求疵，有希覺得這樣太傻了。

奈穗架刀的姿勢，在擅長同樣武器的有希看來造詣頗深。難怪奈穗大發豪語說沒有魔法也能戰鬥——她確實足以這麼誤解。

有希再退後半步。

右腳順勢踩到小瓦礫。

奈穗臉上掠過「搞定了！」的表情。

奈穗預測有希會失去平衡，應該不算是在打如意算盤吧。若是批判她「成功的八字都還沒一撇」或「把事情想得太美」肯定很過分。

然而實際上，在下一瞬間，有希以右腳將腳底的瓦礫往前踢。

拳頭大的水泥塊，迅速朝著奈穗腳邊滾過來。

奈穗反射性地抬起左腳。

沒閃躲會傷得不輕。到最後應該會嚴重影響接下來的戰鬥。

所以躲避瓦礫的這個做法沒錯。

但是結果也確實使得奈穗失去平衡，露出破綻。

正確解答應該是中止攻擊，逃離有希的攻擊範圍。

「……甘拜下風。」

瞬間判斷錯誤的奈穗，無法閃躲有希的突刺。

沒開鋒的刀子抵在喉頭，奈穗認輸了。

有希沒使用身體強化的異能，幾乎只以一招就制服奈穗。

◇◇◇

有希在一樓淋浴區沖掉汗水與塵土，換掉整套衣服來到大廳。

「辛苦了。」

鱷塚在那裡等待。有希與奈穗坐他開的車來到這棟設施。模擬戰本身短時間就分出勝負，所以鱷塚肯定也沒有等得很辛苦。

奈穗晚一分鐘走出淋浴區。她站在有希面前，揚起懊惱外露的眼神瞪視。

「妳經驗不足。這樣的話還不能給妳證照。」

有希沒露出得意表情，是出自她對奈穗的貼心。

「…………」

奈穗也隱約明白。但她沒對勝利者的同情產生反彈。

看到奈穗沒有幼稚發火，有希稍微鬆了口氣。

「我還是不准妳潛入教團。」

雖說在模擬戰敗北，也不一定代表執行潛入任務所需的技能不足。因為或許是有希的戰鬥力超過常規的關係。

「……謹遵您的命令。」

但是奈穗沒有抗辯。雖然沒有口頭承諾，不過依照規定，要是無法和有希打成平分秋色，就必須放棄進行潛入作戰。奈穗如此說服自己。

但她情感上無法接受就是了。

看到奈穗含淚瞪過來，有希感到為難。這份困惑來自她不知道該怎麼對待晚輩女孩，但有希沒理解這一點。

大概是無從處理這份真相不明的感覺，她才會這麼說吧。

「由我潛入教團。」

「Nut？」

這個唐突的計畫，使得這次輪到鱷塚露出困惑的樣子。

「必須查出洗腦機制，奈穗這個意見本身沒錯。既然暗殺計畫正在進行，這邊確實也不能慢吞吞浪費時間。」

「這……是沒錯啦……」

雖然試著給個像樣的解釋，不過有希與鱷塚其實都知道。

——為了給奈穗一個面子，有希正要背負必要以上的風險。

不過，這個解釋合理到難以反駁。

因此，鱷塚沒能阻止有希。

◇◇◇

有希與奈穗的模擬戰是她們之間私底下的對決，是私鬥。和亞貿社的工作或黑羽家的指令無關。浪費整個上午處理私事的有希，為了彌補曠職的分而致力於跟蹤司波達也。

為求謹慎，代為說明一下她的內心，有希其實盡量不想接近達也。別說半徑一公里，甚至想保持十公里以上的距離。這隻虎雖說平常溫和，卻不知道何時會朝這裡露出獠牙，哪有人會想和牠待在同一個籠子裡？這是有希的真心話。

二〇九六年五月十五日，星期二傍晚。有希對抗深植內心的恐懼跟蹤達也，與其說是在監視他，應該說是要找出鎖定他的殺手。

不，形容為「砲灰」應該比「殺手」合適。本次接下司波達也暗殺委託的小西教團至今經手的殺人案共三起，遇害者共五人，都是以自爆恐怖攻擊的手法實行。

沒有投入千錘百鍊的職業殺手，也沒有進行周到的準備偽裝成意外。會被警察逮捕還是遭到反擊受傷都無妨。甚至也不怕同歸於盡。連自己的性命都置之度外，只求除掉目標。真的是瘋狂信徒的做法。

（嘖，心情超差。）

教團的手法換言之就是拿外行人當成免洗工具。雖然是在愚弄有希這樣的職業殺手，不過光是欺騙外行人赴死這一點就足以令人作嘔。

（不過說真的，要怎麼讓他們認為「死了也沒關係」？）

從有希的經驗來說，不怕死的敵人很棘手。某種程度的技術差距也能輕易顛覆。

而且這種人很少。緊要關頭捨不得性命的人占大多數，看起來不知死活的人大多只是在自暴自棄。

（可能性最高的是藥物……畢竟連那個暗殺教團，據說也使用大麻讓人忘記死亡的恐懼。）

有希在「暗殺教團」這部分混淆了史實與傳說，不過以麻藥讓人忘記恐懼的做法至今也不稀奇。在重視「忍者」技術的亞貿社，不會使用降低精神活動的藥物，不過敵對組織在工作之前讓人服用興奮劑的事蹟，有希時有所聞。此外她也曾在某次暗殺黑道組長的時候，遭遇以麻藥麻痺恐懼的護衛。

（如果不是用藥，那要怎麼做？）

（……不行，想下去也沒完沒了。）

（看來不提奈穗的自尊……好像必須潛入看看。）

思考這種事的時候，有希的目光也不曾離開司波達也。

所以，她立刻察覺披著危險氣息的一群人接近達也。

達也現在和妹妹與學妹（聽文彌說是住在家裡的侍女）共三人在等公營的無人計程車通勤車。他位於車站前面的通勤車上車處，排隊的不只他們三人。

——接近達也他們的人影，是八名體格壯碩的男性。大概是從他們身上嗅到暴力的味道，排在達也前後的通勤車乘客貼心地低調快步離開現場。

（……既然只是那種程度，用不著出手嗎？）

有希的戰鬥形式是使用刀子的格鬥戰。若要出手相助就一定要靠近到身旁。

兩年前，達也對有希說「再也不准出現在我面前」。威脅說「下次會消除」。

達也肯定也知道有希成為自己人，所以她也認為總不會光是露面就被「消除」。然而理性的一面再怎麼說「沒問題」，感性的一面也無法接受。對於司波達也的恐懼深刻在有希心底。可以的話，她想避免進入達也的視線範圍。

而且說起來，達也不需要支援。

前後左右像是包夾般接近司波達也的男性們，恐怕是小西教團的人。

八人之中留下一人，七人同時襲擊達也。

不過外行人的悲哀，在於即使自以為是七人同時攻擊，實際上也是逐一對上達也。

不是七對一，是七次一對一。

不是七人同時，是七人連續。

即使如此，要是遭受攻擊的這邊花太多工夫處理，一對一會變成一對二，變成一對三。

不過，達也只對每個人以一招反擊，就將所有人打倒在人行道上。

就某種角度來看是草率的反擊。

甚至不使用捧技的原因，大概是妹妹與學妹在身後吧。

該不會是懶得手下留情吧？有希連忙消除浮現腦海的這個想法。聽說司波達也沒有心電感應能力。有希也覺得他這麼萬能還得了。即使如此，還是無法拭去迷信般的恐懼。

而且，即使乍看是草率的應對，若有人要求有希模仿剛才的戰法，有希會輕易舉白旗。

反擊一拳就讓對方無法行動。

不是仔細瞄準的反擊，是幾乎劈頭就打的反擊。

這樣的反擊連續用在七人身上。

而且毫不間斷。

即使不是空手而是用刀，或許也很難。

司波達也若無其事展現的是這種高超技術。

即使同伴全被打倒，最後一名教團成員也沒慌亂。

他看著在路邊痛苦呻吟或打滾的七人（他們甚至不被允許昏迷）惡狠狠地咂嘴。躲在建築物暗處的有希也看見這一幕。

男性抽出插在胸前口袋約鋼筆長的短棒，以拇指用力按下頂部的按鍵，然後跑向達也。

（炸彈？真的是自爆攻擊？）

有希在內心哀號。

既然是自爆突擊，帶著炸彈的不可能只有那個男人。其他教團成員肯定也攜帶炸彈。躺在人行道上的七人大概預定要緊抓住達也，再由最後一人按下引爆鍵。

（做到這種程度？）

有希知道對方是瘋狂信徒集團。但是瘋狂程度大幅超過有希的預料。

聽說該「教團」不是宗教團體。傳聞「教祖」小西沒保證天堂或來世之類的死後世界存在。

不過，若是沒有能在另一個世界幸福生活的「救濟」，人們願意輕易拋棄生命嗎？

有希充滿這樣的疑惑，無計可施愣在原地。

她的視線前方是跑向達也的第八名教團成員。這名年輕男性露出恍惚的笑容。

達也面無表情看著接近的男性。

男性行經的路線，留下散亂的導線、螺絲、天線、電池。

是從男性衣服底下散落的物品。

倒在路邊的男性們周圍也散落相同物品。

第八人到達達也面前。

達也一掌打在男性胸口中央。

男性的身體像是電影般飛向剛才跑來的方向。

胸骨正上方即將挨這一掌的瞬間，男性露出像是想問「為什麼？」的表情。

——沒發生爆炸。

不是有希推測出錯。

是因為炸彈在爆炸之前失效。

引爆裝置從炸彈主體分離。包括接收引爆訊號的天線等零件。

不是被切開的。

整顆炸彈被解體。

（……這麼說來，記得文彌說過。）

——槍或炸彈都對達也哥哥不管用。刀子還比較有可能性。

有希想起先前聽文彌對達也的說明。

後來文彌露出不適合他的微笑，補充「不過可能性等於零就是了」這句話，但是如今這部分不重要。

文彌說過。

達也光是一瞪，具備機械構造的武器就會像是逆向進行組裝程序，成為分散的零件。

文彌說這就是「達也哥哥」的能力。

（是這麼回事嗎……）

有希覺得這簡直像是「魔法」。有希不是魔法師，但是基於工作性質比一般人更熟悉魔法。因為暗殺對象可能有魔法師的護衛隨行。

現代魔法是按照邏輯運作。不是無視於因果關係的神奇能力，是基於一定的法則扭曲物理現象。至於這是何種法則，有希的知識不足以說明，但總之她知道這是需要訣竅與手法的技術。

不過，她親眼所見司波達也的「魔法」，感覺只像是出自神奇不可思議的童話故事。

有希不是第一次看見達也的魔法。

不久之前，也看過達也在她面前消除人類。

人類化為塵埃消失，連屍骨都不留的光景。

過於超乎現實，反而不會覺得匪夷所思。

就只是毫不質疑，認為「這就是這麼一回事」而接受。

但是現在看見的魔法，沒有人體消失那麼震撼，相對令她覺得不講理又毛骨悚然。

思考到這裡，有希想起來了。「不講理」這三個字令她回想起來了。

兩年前，站在司波達也面前為敵時的往事。

他空手接住有希射出的子彈，化為粉塵。

當時有希也覺得不講理。離譜的光景令她冒出憤怒。然後——

像是心臟被抓住的恐懼，在有希內心復甦。

對於這個魔法感到恐懼。

對於使用該魔法的司波達也本人感到恐懼。

◇ ◇ ◇

別名「西小蘭」的小西蘭得知信徒失敗的時間，是進行襲擊一個多小時之後，五月十五日下午七點多的事。

「……這樣啊。辛苦了。」

報告任務失敗而而提心吊膽的組織成員，小西以笑容慰勞，以「可以下去了」這句話命他離開。

「人本生活與社會促進協會」代表室不到兩坪半，家具只有尺寸偏小的辦公桌，以及小西所坐的一張無扶手椅子。天花板不高，沒有窗戶，即使是沒有密閉恐懼症的人，在這個空間也會感覺壓迫。

在房內獨處之後，小西暫時默默坐著不動。

寂靜氣氛沉重盤踞在密閉的室內。

最後，小西身體靠在椅背，仰望天花板嘆出一大口氣。

放在辦公桌上的雙手張開。

手心留著紅色的爪痕。代表她剛才拳頭握得很緊。爪痕反映她無法平靜的內心。

「已經失敗就沒辦法了……」

小西口中發出幾乎不具意義的低語。只是如果不像這樣說給自己聽，情緒可能會爆發。

她不是對於暗殺失敗感到煩躁。

一次成功當然最好。但她預感事情應該沒這麼簡單。不是逞強，她早就認為失敗的可能性比較高。

沒有根據。真要說的話，大概因為這個案子是周公瑾提出的。

小西直到去年夏天都在香港黑幫「無頭龍」工作。

不是黑幫成員。身為日本人的她，不被承認是家族的一分子。始終是支援當地——也就是日本活動的協助者。

無頭龍進軍日本是幾十年前的事，不過是在七八年前大幅擴張勢力。

在日本市場成功拓展地盤，小西自負正是因為她的協助，認為憑著這份實績，自己在根據地香港被提拔為幹部也不奇怪。

所以她對於自己遲遲不被認同是家族成員感到不滿，不過想到多虧這樣免於被當局的肅清作戰殃及，運氣反而算好吧。

無頭龍毀滅之後，小西投靠首領的大哥，立場算是監護人的美國華僑顧傑。是在組織內部尊稱為「黑顧大人」的老翁。

那邊好像也記得小西，雖然顧傑沒提供金錢方面的支援，卻介紹有益於建立新組織的各種人物給她。現在的「教團」沒有顧傑的人際網路就無法存在，小西也會被迫當個奸詐小人勉強度日吧。

周公瑾也是顧傑介紹的一人。年紀輕輕就掌管大亞聯盟逃亡路線之一的實力派。此外也熟悉黑社會動向，會像這次找出還沒推動的非法生意機會，也進行委託者與接案者的仲介。

這次周公瑾也像這樣，前來仲介司波達也的暗殺委託。

基於這層意義，周公瑾是小西組織的重要搭檔。但小西實在無法相信這名青年。

暗藏鬼胎。並非只為客戶的委託牽線。雖然不知道是什麼，但周公瑾有他自己的目的，而且為此想利用客戶與小西他們。小西不得不這麼認為。

暗殺司波達也這名高中生的案子，肯定也牽扯到周公瑾自己的利害關係。

既然這樣，那個神祕青年鎖定的目標人物，也不可能是單純的魔法師。自己的「教團」接到委託之後不可能失敗，但小西也不認為一次就能順利完成。

所以今天設局的目的不是炸死目標對象。如果這樣就炸死是最好的，不過目標對象的生死是其次。

讓信徒攜帶炸彈的真正目的，是自爆恐怖攻擊本身。

鎖定魔法師在街上使用炸彈。發生這樣的事件，藉以煽動一般民眾對魔法師反感。這才是真正的計畫。

她的「教團」不是只靠代理殺人或破壞任務獲得收入。

這反倒是副業。「人本生活與社會促進協會」的主業，是高調進行反魔法主義運動，獲得支援者的捐款。主要收入來源是對魔法反感的金主提供的經濟援助。

當然不能公布這場自爆恐怖攻擊是她指使的。派去實行作戰的男性們，名義上都已經脫離組織。

不過只要反魔法主義的風潮高漲，他們推動計畫就會更加順利。

為此才讓他們攜帶炸彈。要是最後沒引爆，就無法讓人們認為「魔法師害大家遭遇危險」，被鎖定的魔法師反而可能招來世間的同情。

更令小西煩躁的要素，在於不知道計畫為何失敗。

派去見證事件始末的成員，回報的內容完全無法參考。

不，唯一知道的是炸彈為何沒爆炸。因為引爆裝置一齊脫落。既然是毫無例外同時分解，肯定使用了某種魔法。

不過據說司波達也除了打倒實行計畫的小隊，連一根手指都沒動。

眾所皆知，魔法師使用魔法的時候，會操作手鐲或小型終端裝置，或者是扣下仿造手槍的扳機。既然沒做出這種動作，認定拆解炸彈的魔法不是由司波達也使用比較妥當。

那麼當時是誰使用魔法？

司波達也的妹妹？

同行的第一高中女學生？

還是——有魔法師暗中護衛司波達也？

最後一項的可能性也不能說是零。

可能讓核融合這個劃時代技術進入實用階段的司波達也，某方面來說是魔法師心目中的希望之星。魔法師團體派遣護衛也不奇怪。

——只派外行人可能很難成功。

不過小西手邊沒有經年累月培育的行家棋子。無頭龍毀滅之後，從組織那裡接案的殺手肯定大多失業，但小西沒延攬他們。當時以鞏固現有組織為優先，無暇觸及其他部分。至今小西都是投入打造成不怕死刺客的許多普通人完成委託。這是她的作風。

要抱著虧損的覺悟，僱用外部殺手嗎？

還是以超過這次的物量發動飽和攻擊？

無論如何，估計都是一筆大開銷。

預測教團財務將會惡化，小西嘆了長長的一口氣。

[4]

看著司波達也一行人抵達自家之後，有希回到自己的住處。

時間將近晚上九點。

（家裡有什麼能吃的嗎……？）

有希如此心想，打開玄關大門。

「歡迎回來。」

這聲開朗的問候，使她瞬間僵住。

至今她忘記奈穗的存在。

「啊，啊啊……」

「晚餐可以很快準備喔。還是要洗澡？」

奈穗以像是定例但在這世紀初已經幾乎沒在一般家庭使用的話語改造版迎接有希——不過沒採用虛構故事一定會有的「還是要我？」這句話。

「……能拜託妳弄吃的嗎？」

「好的，當然可以。請在飯廳等吧。」

奈穗從有希手中接過側背包，消失在屋內深處。

有希依照吩咐，前往飯廳。

如奈穗所說，不必等太久。

端出來的菜色以奶油燉菜為主。大概是做成最後加熱就能吃的狀態吧。以自動調理機的原始設定做不到這種程度。得先自己調整細部設定才做得出來。

有希拿起湯匙要舀向燉菜盤，卻在前一刻停手，看向坐在正對面的奈穗。

「奈穗，妳吃了嗎？」

奈穗頓時露出內疚的表情。

「……不好意思。我不知道妳什麼時候回來，所以先吃了。」

「不，這我不在意。」

奈穗臉上浮現罪惡感，有希略顯慌張出言安撫。

「我只是好奇而已。因為我確實也沒聯絡。下次會注意。」

還進行自己做不到的約定。

「好的。」

不知道是全盤相信還是假裝受騙（有希自己沒騙她的意思）奈穗收起陰沉表情笑著點

頭。

有希不經意覺得不好意思，看著餐盤開始用餐。

就這麼頭也不抬一直吃。

雖然沒看對面，但有希知道奈穗笑咪咪看著她。

實際上也餓了。

「——感謝招待。」

有希的手連一次都沒停，將端上桌的料理吃光。

此時她忽然察覺，餐點包含她不記得買過的食材。

「奈穗。」

「嗯？」

「妳去買了東西吧？」

「是的，那個，冰箱沒什麼庫存……」

「不不不，我不是在罵妳。只是想說買東西的錢怎麼算。」

有希是黑暗社會的居民，卻擁有「亞貿社職員」這個社會性的地位（不過是基層員工），所以擁有銀行帳戶，也有信用卡。使用現代生活不可或缺的網路購物不成問題。

但有希不記得曾經將自己的付款資訊告知奈穗，也無法想像是鱷塚瞞著有希告訴奈穗。

有希好奇奈穗怎麼結帳。

「如果是妳先墊，我立刻付清。」

「不，有希小姐和我的生活費是用這個。」

奈穗說著從圍裙底下取出信用卡。是財團法人會員的金卡。

「文彌大人交付這張卡給我使用……不過實際給我的是本家的葉山先生。」

雖然不知道「本家的葉山先生」是誰，但應該是四葉家的僱傭吧。有希這麼認定。

「……要從我的薪水扣？」

有希戰戰兢兢詢問。

「不是喔。」

奈穗笑逐顏開。

「不要只吃甜食，要讓妳吃營養均衡的餐點。這是上面的命令。」

奈穗好不容易克制音量，發出模糊的笑聲。

「什麼嘛，原來是文彌出錢？白擔心了。」

幾乎肯定是遮羞吧。有希撇頭以使壞的語氣咒罵。

此時，有希忽然察覺回家至今一直無法形容的突兀感真面目。

奈穗掛著無憂無慮的笑容。上午模擬戰的敗北沒讓她耿耿於懷。也沒有從昨天那張客套笑容隱約感受到的假惺惺氣息。

是由衷露出笑容？還是……比昨天更完美的客套笑容？

有希差點問「為什麼能這樣笑？」這個問題。

明明不可能得到老實的回答。

以前的人說「眼淚是女人的武器」。但是不知道至今是否也通用。

相對的，笑容是不問男女，至今也通用的武器。

（唯獨這份鐵打的骨氣，要我認同也行。）

「請問……怎麼了？」

大概是在意有希的視線，奈穗大幅眨了眨雙眼問。

「沒事。」

有希愛理不理這麼回答。

奈穗收走晚餐的餐盤之後，改為端來自製的巧克力慕斯。沒說「手工製作」是因為製作程序幾乎都交給調理機，不過這對吃的人來說不重要。

有希以陶醉的表情（她本人沒發現自己露出這種表情）要以湯匙舀慕斯的時候，電話響了。

有希還沒停下湯匙，奈穗就起身走向牆壁的電話機。以私人模式的小畫面交談兩三句之後，奈穗掛斷電話回到桌旁。

「是鱷塚先生。他說五分鐘後再打過來。」

有希沒多說什麼，將湯匙送進口中。

經過五分鐘整，電話再度響鈴。有希以遙控裝置接聽。

兼用為視訊電話螢幕的牆面顯示器映出鱷塚的臉。他還沒開口，有希就問他：「怎麼了？」

『沒事，想知道後來怎麼樣了。』

模擬戰結束，鱷塚送有希與奈穗到住家之後就前往亞貿社。好像是常務董事找他過去。在亞貿社，實戰部隊（也就是殺手）直屬於社長，不過支援成員分成數個部門，各自設置管理職。常務董事不是鱷塚的直屬上司，不過只要不干涉暗殺成員的任務，社長就默認這種階級關係。

「Croco也累了吧？明天再問不就好了？」

找鱷塚過去的常務董事，在亞貿社是最囉唆的類型。有希不知道是為了什麼事，不過應付這種對手不可能不累。

『畢竟是那種案子，所以我很在意。』

「哎，我可以理解你的感受……」

黑羽文彌絕對不是粗暴的雇主。對於工作內容要求的水準確實偏高，但出手也相對大方。不對，他才高中一年級，實際上出手大方的應該是黑羽家當家，也就是文彌的父親，不過對於有希與鱷塚來說確實是好雇主。

只是，一旦扯到司波達也，文彌就會變了個人。當事人會抗拒，所以絕對不會顯露於言表，但有希其實懷疑文彌對達也抱持不應有的情感。

不只如此，有希也對司波達也有點意見。思考這種事或許不合道理，但有希希望他再自重一點。

光是有希知道的，像是去年冬天，殲滅標榜「教條性和平主義」的激進派。

去年春天，摧毀反魔法主義國際政治結社「Blanche」日本分部。

去年夏天，殺盡國際犯罪組織「無頭龍」東日本分部的幹部。

去年秋天，在橫濱國際會議中心大戰武裝游擊部隊。

此外雖然不是確切的情報，但是今年冬天的吸血鬼事件，司波達也好像也有介入。

幸好這些事件規模太大，沒有有希出場的餘地。不過光是思考就毛骨悚然。要是被派去參與那麼大的事件，有幾條命都不夠用。而且考慮到文彌的個性，並不是沒有這種可能性。

高中生就該有高中生的樣子，僅止於校內範圍的小事件為什麼不能滿足他？不能至少侷限在學校之間或學生之間的抗爭嗎？不，既然很聰明，只要顧好「學業」就夠吧？

或許這不是達也本人的責任，但是希望他適可而止，不要老是涉入大規模的事件。這是有希千真萬確的心聲。

（……說起來，那種像是大魔王的傢伙念高中就是一種錯誤吧。）

有希以這個想法，將亂七八糟的牢騷趕出腦海。

『其實我本來想去妳家叨擾，不過畢竟夜深了。』

鱷塚補充這段話，也成為有希拉回意識的契機。

「……先說結論，那個人果然不需要什麼護衛。」

聽到有希這句話，畫面裡的鱷塚露出要笑不笑的表情。

『這樣啊。』

「嗯。那樣不行。說到哪裡不行，別說殺掉那個人，我甚至無法想像在他身上留下擦傷的光景，這樣一點都不行。我這種等級的殺手不管幾個人聯手應該也不管用，若要應付能讓那個人受傷的殺手，我只看到自己枉死的未來。」

『是喔……』

有希這段話交錯混入殺手與護衛的視角，但鱷塚大致聽得懂她的意思。就算這麼說，鱷塚也不知道該怎麼回應。

「所以，別防守了。進攻吧。」

幸好不必苦惱太久。有希主動出示答案。

「Croco，麻煩更詳細調查小西教團的情報。尤其是那些傢伙的行動模式。」

『行動模式？』

「那些傢伙表面上也在進行活動吧？要說正當……或許稱不上，不過，不是犯罪的活動姑且也調查清楚。」

畫面裡的鱷塚露出「原來是這個意思啊……」的表情，點頭回應有希這段話。

『嗯，總之，大致都是遊行、發傳單或是煽動群眾的演講等等。』

「可以的話，我想知道今後的計畫。」

『……妳打算潛入？』

「比起突然跑去大本營說『請讓我加入』，肯定比較不會引人起疑。」

『這……或許吧……』

鱷塚在畫面另一側裝模作樣嘆了口氣。

『知道了。我調查看看。』

「拜託了。」

有希對鱷塚說完，看向桌子正對面的奈穗。

「奈穗調查委託人那邊。」

「委託人……可是有希小姐不是解決委託人了嗎？」

「既然委託人沒了，工作繼續進行不是很奇怪嗎？」

「會不會是接受委託的時候先收錢了？」

「委託殺人不會簽合約。沒人傻到先全額付清，而且就算收了訂金，一旦委託人沒了肯定會收手。」

「……換句話說，除了那位岩切還有別的委託人？」

有希沒回答奈穗，看向畫面裡的鱷塚。

『岩切好像在同行的七間公司組織某種同盟。』

「犯罪同盟嗎？」

『這種事很常見。』

「就是這樣。」

有希暫時看向奈穗說。

「Croco，岩切同夥的名單給我。」

接著視線立刻移回螢幕。

『我明天拿過去吧？』
「不，寄電子郵件就好。調查教團比較重要。」
『知道了。名單我簡單加工之後寄過去。』
「拜託了。」
畫面變黑關閉。
後來，一封新聞郵件不到一分鐘就寄了過來。附件是包括六人份的姓名、公司名與職稱，質疑企業暗中聯盟壟斷電費的假報導。不用說，是由鱷塚加工，即使被側錄也無妨的委託人名單。

◇◇◇

黑羽文彌是魔法大學附設第四高中的一年級學生。他直到三月都在豐橋市和父母同住，不過四月起和雙胞胎姊姊住在第四高中所在的濱松市。
成為高中生之後，是異性兄弟姊妹開始相互排斥的年紀。如果學年相同，這份傾向肯定更加強烈。
雖然這麼說，但凡事都有例外，也有兄妹即使就讀相同學校的相同學年依然親密相處，甚至在他人眼中只像是一對情侶。

文彌與他的姊姊亞夜子也是，雖然不到看似情侶的程度，但是姊弟感情和睦。即使偶爾會吵架（大多因為姊姊捉弄弟弟過頭），不過大概是兩人彼此另眼相看，不會把自己的情緒或方便強加在對方身上。考慮到他們才十五歲，可以說是相當成熟的姊弟關係。

「文彌，怎麼了？瞧你愁眉苦臉的。」

五月十五日，星期二。距離換日不到一小時的深夜。

剛出浴的亞夜子，朝著不是窩在自己房間，而是在客廳想事情的文彌這麼問。

「姊姊……妳又穿這樣。」

亞夜子以毛巾包住頭髮，只穿一件無袖浴袍，完全露出四肢與後頸。文彌看到這樣的她沒有臉紅，只是板起臉。

「別嘮叨。反正只有你看見，所以沒關係吧？」

「但我也是男生啊……」

亞夜子露出「好了好了」的表情，不是坐在沙發，而是坐在藤椅開始擦頭髮。

「所以，在想什麼？」

亞夜子以毛巾按著頭髮吸收水氣，重新詢問。

文彌反射性地看向亞夜子，隨即轉過頭去。因為藤椅的高度使他差點看見浴袍底下的春

光。

「達也哥哥的那件事，東京寄報告過來了。」

文彌回答的時候說得有點快。看來即使對方是親姊姊，也終究難免慌張。

亞夜子也不經意將原本筆直併攏的雙腿放斜，在藤椅上稍微將身體轉向側邊。

「……我有好好穿上喔。」

「穿什麼啊？」

亞夜子這句話引得文彌大喊，依然別過去的臉變得通紅。

「還會是什麼，當然是……」

「不用說沒關係！」

文彌的氣勢打斷亞夜子說到一半的話語。

「那個……你說從東京寄來，是有希小姐寄的？」

亞夜子終究一臉難為情的樣子，露骨改變話題。不，在這個狀況或許應該說是「回到」原本的話題。

「啊，嗯，對。」

文彌也硬是讓呼吸平穩下來，陪同姊姊轉換話題……臉依然固定在陽台的方向。

「報告說達也哥哥打倒襲擊者，還順便防止自爆恐怖攻擊。」

亞夜子聽完做出「是喔……」的平淡反應。
「這是當然的結果。不過我有點在意那個自爆恐怖攻擊。」
然後像是順便般補充。
「我也覺得這部分怪怪的。」
文彌看向亞夜子。不只是因為心情終於平復，更是因為質疑的意識戰勝害羞。
亞夜子將吸飽水氣的大毛巾攤開放在腿上。
「對魔法師使用自爆恐攻，這我可以理解。即使對象不是達也哥哥，非魔法師想殺害戰鬥魔法師，只能選擇從遠距離狙擊，或是以炸彈進行無差別殺人。外行的平民使用炸彈應該是最妥當的手段。」
「不過，外行人能取得的炸彈種類有限。這次使用的爆裂物是什麼？」
「一種塑膠炸藥，禁止民間持有的類型。」
「我知道你在煩惱什麼了。」
聽到文彌的回答，亞夜子頻頻點頭。
「鎖定達也先生的『教團』，擁有調度大量違禁爆裂物的能力，所以不是普通的流氓幫派對吧？」
「有希以前在亞貿社有個炸彈魔同事，所以對於調度炸藥的難度大概沒什麼感覺。爆裂物原本不是能這麼輕易取得的東西。」

「因為戰後的取締愈來愈嚴格了。」

在第三次世界大戰，別名二十年世界連續戰爭的那個時代，世界各地頻頻爆發規模較小的戰爭，同時也接連發生敵國支援的內亂或恐攻。日本也不例外，各地遭受槍戰或炸彈恐攻的威脅。

受到這樣的影響，所以如亞夜子所說，爆裂物的管理比戰前嚴格許多。戰前只要擁有使用資格，確認身分就能採購爆裂物的工程業者，如今在需要使用炸藥的場面，也必須每次都由行政機關派監督官才能獲得供給。

但政府機關的管理也絕對不是萬無一失。即使不是犯罪組織，民間業者為了省事而收買監督官取得超額炸藥的不幸案例，發生頻率比媒體報導的還多。

「不知道是收買官員，還是從別的犯罪組織收購，或是有高層組織，不過那個教團不是受到『人類主義』影響的單純激進派集團。不是外行人的恐攻家家酒，是專業犯罪組織。」

「不能全權交給有希小姐處理？」

文彌略顯猶豫，點頭回應亞夜子這個問題。

「不過，是當家大人下令使用有希小姐吧？」

「只是命令我們使用有希，並沒有禁止我參與。」

「這樣不算歪理嗎……？」
亞夜子有點傻眼地低語。
但她沒說出阻止文彌的話語。

◇◇◇

五月十六日。
有希在舒適旋律的引導之下，被迫清醒。
「……到底是怎樣？」
雖然是快節奏的純音樂，卻不會覺得吵。一般來說應該不是會妨礙睡眠的曲子。
不過有希硬是被叫醒了。
「……奈穗那傢伙，用了『sweaker』對吧？」
sweaker是「speaker」與「aweaker」的合成字，是在音樂加入促使清醒的音波，屬於新世代的鬧鐘。有希知道這間屋子有這個玩意，但至今沒利用過。
有希看向時鐘。
「不是才九點嗎？真是的……」

即使想睡回籠覺，睡意也不知為何消失了。

為了向奈穗抱怨，有希就這麼穿著睡衣前往飯廳。

三房格局的住家，走廊只有聊勝於無的程度，走幾步就到飯廳。

「喂，奈穗！」

雖然語氣不凶，但有希以頗大的音量呼叫奈穗。

然而，沒有回應。

覺得可疑的有希以目光掃視。

她發現桌上放著一張現代少見的紙條。

『我出門工作了。早餐已經備好放在微波爐，請加熱享用。』

「工作……？」

有希唸著字條上的留言，歪過腦袋。

◇　◇　◇

赤石喬爾是加拿大裔日本人，但加拿大籍的母親是來自遠東亞細亞的移民，因此除了名字，沒有其他特徵顯示他是混血兒。他在學生時代想過乾脆連名字都改成日本傳統的樣式，但是將滿五十歲的現在，這種自卑感也消失了。

赤石任職於中堅電力公司。工作內容是不能大聲說的類型。由於高中與大學時代過得相當「任性」，得以和「那種門路」的人搭上線。公司看中這一點，所以他從加入公司就一直在檯面下活躍。

赤石是配得上這份資歷的強悍人物，但是在這幾天，這份膽量出現缺陷。

原因在於共事夥伴的死。

雖說是共事的夥伴，卻不是公司同事。

在「同一業界」有往來的一名男性遇害。

這名男性叫做岩切來人。和他一樣是「檯面下工作」的專家。

任職的業種相同，所以也曾經對立，但畢竟負責的工作是這種類型，赤石與岩切大致處於合作關係。

這樣的岩切被殺了。不是偶發性的（例如因為在酒館起爭執）殺人，是計畫性的暗殺。

赤石和岩切一樣，不是遊走於法律邊緣，而是屢次觸法至今。

他不會說自己早就做好被殺的覺悟，不過這份可能性總是賴在意識一隅。

從上週末開始，這份不安急遽增加存在感。

岩切是在非法接待高級官僚的現場遇害。理由應該也和這方面有關。

那個高級官僚身為官吏的能力或許一流，人性方面卻是下三濫。雖然喜好女色卻對行家不表興趣，而且嗜好是霸王硬上弓。此外雖然他本人自稱「沒有戀童癖」，但赤石確信他無疑是隱性戀童癖。

肯定也有許多人對他懷恨在心。赤石覺得繼續打交道很危險，所以最近和他保持距離，但是站在業界的立場，他是不能忽視的高官。岩切算是抽到下下籤。

關於那個官僚的事件，赤石可以說不必擔心被盯上。參與接待的那段時期，也從來沒有安排真正的新手服務。寶刀未老的他，不愁沒門路接洽那方面的女性。要找個擅長假裝抗拒的「合法幼女」並非難事。

赤石之所以感到不安，在於暗殺岩切的人其實可能別有目的。

岩切將死之前（但已經是上個月的事），他、赤石以及另外五名工作上經常合作的同行，所謂「黑暗特務聯盟」的七人，在某個案子上達成共識。

暗殺將來可能會成為公司——成為業界一大阻礙的某名少年。這個案子因為遲遲找不到合適的殺手而沒能進展，不過岩切在被暗殺的一星期前，找到接下暗殺委託的組織。

現在在他們這個聯盟，和該組織聯絡的窗口是赤石。

——委託暗殺少年的這個案子要是和岩切的死有關，下次被鎖定的或許就是我。

侵蝕赤石的恐懼源自於此。

即使懷抱多大的不安，工作也不等人。要是公司內部沒有代替的人材更不用說。

赤石的工作基於性質，不能輕易增加參與的人數。他必須獨自帶進墳墓的祕密可沒有一兩個那麼少，而且也不容許中斷。

祕密特務專家也是人。公司同事不必擔心被軍警逮捕或被極道刺殺就能領薪水升官，自己卻真的非得搏命走鋼索，壓力應該不只倍增吧。必須偶爾放縱一下，否則精神會出問題。

年輕的時候，赤石是靠著泡妞消除壓力。他的外表沒有異國人種的特徵但還算英俊，「危險的氣息」輕易就能讓懷抱輕浮憧憬的少女上鉤。

上個世紀末延續到這個世紀前半的自由性愛風潮如今消退，這個時代的女性守身到結婚很正常。不過「凡事都有例外」的法則在這裡也有效，在鬧區裡，以現代道德對照不算「正常」的少女，會聚集在某些場所尋求「刺激的遊戲」。赤石也知道要挑選這種場所泡妞。

但是到了稱為「中年」的年齡，別說泡妞，搭訕酒館女性都遭到顧忌。如果是普通的中年人或許還有「搞頭」，不過赤石基於職業性質，嚴禁在負面意義引人注目。

所以自從過了四十歲，他就喜歡光顧能玩「這種遊戲」的店。

店內有許多乍看是生手的女性（實際上生手與熟手的比例差不多）等人搭話。顧客經由店員的仲介坐在看上的女性身旁。一般都是以「那位客人請妳的」為暗號。顧客這時候請女性喝的飲料費用是一般行情的十倍以上，但這不是「仲介費」，始終是「飲料費」——表面上是如此。

赤石進入熟識的店一看，即使是上午，店內也聚集十名以上的女性。若是覺得「這種時間也有客人光顧？」而傻眼就不對了，即使不是罪犯，世間也有不少人是晚上比較忙。如同一般的大人會在入夜開始遊玩，也有人是在「工作」結束的早上開始遊玩。

赤石環視店內，注意到一名稍微與眾不同的少女。

身上衣物是各處縫上荷葉邊，較為寬鬆的連身長裙。深褐色頭髮以胭脂色的天鵝絨緞帶固定在左右耳朵上緣。記得那個髮型叫做「雙馬尾」。

不只是髮型與服裝，臉蛋與身材都像是孩童。看來已經迎接第二性徵，不過年齡大概十二三歲吧。

是離家少女嗎？應該不是熟手吧。這個時段難得看見十幾歲的少女。賺零用錢的國高中女生為了避免管束，傾向於集中在下午後半到傍晚的時段。

以赤石的喜好來說過於幼小，但他覺得偶爾換個不同於以往的類型也很有趣。

他坐在少女所坐吧檯的另一端，隨便點杯飲料之後委託仲介。

赤石移動到旁邊的座位，奈穗一邊以純真笑容迎接，一邊暗自慌張。

她知道赤石常光顧這間店。但她今天原本沒要接觸赤石。

岩切死後，暗殺達也的委託人窗口是赤石。奈穗從昨晚的郵件得知這件事，鎖定他為第一個目標。奈穗今天一大早直接跑去鱷塚家，取得關於赤石的詳細情報之後在這間店張網。

不過依照她的預定，她打算在赤石和其他女性外出約會之後悄悄跟蹤。

奈穗拿手的射程是一百公尺以內的中等距離。

藉由跟蹤直接調查赤石的行動模式，尋找最合適的狙擊地點，然後擇日解決。這就是奈穗的計畫。

根據鱷塚的情報，赤石的好球帶是二十五到三十五歲才對。所以奈穗刻意選擇年幼的服裝與髮型，避免引起他的興趣。

赤石前來搭話，完全是她失算。

「嗨，妳好。」

「你好。叔叔，謝謝你請我喝飲料。」

要假裝成畏縮不安涉世未深的少女？還是走不經世事的孩童路線？奈穗瞬間猶豫之後選擇後者。她認為這樣比較不討喜。

「不用客氣。如果妳願意陪我聊聊，這只是小錢。」

不過說來可惜，奈穗好像被鎖定了。

既然這樣就只好豁出去了。奈穗心想。

「我也閒得發慌，所以很歡迎喔。」

奈穗說完，這次朝赤石露出心機又稚嫩的笑容。

訓練課程從護衛轉為暗殺者之後，奈穗被徹底傳授展露笑容的訣竅。

魔法師在身體性能方面和一般人沒有兩樣。尤其像是奈穗這樣嬌小的女性，難以對抗肉體上的暴力。

也有魔法能局部提升身體能力，但如果在魔法發動之前遇襲就只能屈服。擁有超越常人的實力，不會屈服於暴力或兵器的魔法師，放眼全世界也是極少數派。

不屬於「極少數派」的奈穗，被灌輸如何先讓對方大意的技術。

人會被外表欺騙。

學習除掉敵人的魔法之前，奈穗先被要求習得能夠騙人的笑容。

「是嗎？還好妳不討厭我。」

赤石放鬆警戒的表情就是成果。

「不會討厭啦。因為叔叔很帥。」

「是嗎？」

明知是客套話，赤石好像也沒什麼不滿。不，或許大約一半是當真的。

「叔叔我叫做紅石。小妹妹妳呢？」

奈穗再度被測試面不改色的功力。本名赤石，所以假名是紅石。這有點太沒創意了吧？

「千穗。」

千穗是比奈穗年長許多的姊姊名字。「奈穗」與「千穗」寫成漢字只差一個字，但是實際的發音「Nao」與「Chiho」給人的印象差很多。包括惡整這位優秀姊姊的意義在內，奈穗早就決定在這種場合要拿姊姊的名字當假名——不過這次是第一次實際使用。

「千穗啊，真可愛的名字。」

雖說理所當然，但赤石看起來沒懷疑這是假名。不，或許他一開始就認定不可能自報本名。

接下來，赤石也積極搭話，奈穗以孩子氣的方式回話。

赤石以「紅石」的身分，奈穗以「千穗」的身分，不是進行愉快的交談，而是讓交談變得愉快。

奈穗很快就和赤石一起離店上街，輕鬆到掃興的程度。

剛開始，赤石意外地彬彬有禮，也沒有搭肩或摟腰。奈穗甚至貼心主動挽手。

兩人逛了以女用為主，但也有男用精品的名牌店家。

逛了兼售珠寶的雜貨店。

逛了主打少女客層的服飾店。

赤石在每間店都對奈穗說「喜歡什麼就買給妳」，奈穗在最後的服飾店央求「那我要這個」買了不太貴的商品。

過了正午不久，赤石帶奈穗到高級飯店的餐廳。

奈穗身上是在服飾店買的時尚連身裙。髮型與妝容也配合服裝重新打扮為成熟風格……即使如此，看起來依然不到高中生的程度。

午間套餐令奈穗眼神閃亮。只有這部分不是演技。

而且就像是定例，奈穗的飲料被悄悄混入酒精飲料。

怎麼看都只像是未滿十八歲，踉蹌無法自己行走的少女，由將近五十歲的男性帶進飯店的一間客房。即使沒有嚴重到整間飯店都是共犯，也必須有飯店職員協助才做得到這種事。

實際為兩人帶路的房務人員，不發一語就在房外關門。

赤石讓奈穗躺在床上翻身趴著，拉下剛買的連身裙拉鍊。

奈穗就這麼趴著轉過頭來，單眼看向赤石。

居然還有意識？赤石差點咂嘴。

「……叔叔～～讓我……洗個澡……」

不過奈穗（對於赤石來說是「千穗」）口中說出的這句話，可以解釋成她同意進行即將發生的事。

赤石是罪犯，卻不太喜歡硬來。罪犯並非都是性侵魔。或許是因為上了年紀，赤石喜歡看著女性在他底下被快樂吞沒。若是對方主動獻身更得他的意。

「好啊。站得起來嗎？」

「……總覺得暈暈的……叔叔，你先請～」

赤石揚起兩側嘴角起身。這是他喜歡的進展。

這個房間的構造有點特殊，必須使用鑰匙才出得去。只要將鑰匙帶進浴室，就不必擔心「千穗」逃走。

「知道了。妳休息一下吧。」

——之後再讓妳叫個痛快。

赤石當場脫掉衣物，前往浴室。

（……啊～～噁心！）

知道奈穗真實身分的人應該很容易猜到，她沒醉。

男性買衣服給女性，是為了在之後親手脫掉——雖然不是全盤相信這種說法，但以赤石的情況，他的企圖顯而易見。在受邀前往餐廳的時間點，奈穗就在酒與藥物兩方面都做好防範措施。

感到噁心的原因不是喝醉，是赤石碰觸肌膚的手。

她之所以不安，是擔心酒醉的演技是否穿幫。無論怎麼說，今天都是第一次實戰。而且在訓練課程中，她裝醉的評價沒有假笑那麼好。

（話說回來，早知道會變成這樣，應該帶武器來的……）

依照奈穗的計畫，今天始終只是探路。她的「工作法寶」就這麼放在有希家。

（不得已了。現在的狀況不差，船到橋頭自然直吧。）

不過，要求不存在的東西也沒意義。奈穗不想就這麼和中年男性上床，難免有點走一步算一步的感覺，但她決定實行暗殺計畫。

傳來淋浴的聲音。

奈穗在床上起身。

躡手躡腳前往浴室。

「——五月細雨露還淚。」

奈穗吟唱的是室町幕府第十三代「劍豪將軍」足利義輝的辭世詩。

刻在奈穗記憶的啟動式，被預先設定的關鍵字呼出。

「且寄吾名杜鵑翼，翩然上雲霄。」

呼出的啟動式由潛意識領域的魔法演算領域讀取，輸出為魔法式。

奈穗打開浴室的門。

赤石露出色咪咪的笑容轉過身來。

魔法發動。

從蓮蓬頭灑下的其中一滴熱水，成為具備鋼鐵硬度的子彈，貫穿赤石的左耳。

覆蓋在水滴表面的魔法在深陷大腦的階段就解除，動能以迸裂的形態解放。

大腦被破壞的赤石身體，無力倒在浴室地板。

覆蓋一滴水珠的反物資護盾，以及只加速一滴水珠的魔法。

事象改寫的規模太小，飯店設置的魔法感應器偵測不到。

奈穗在餐廳樓層的洗手間將髮型、妝容與服裝復原，若無其事離開飯店。

[5]

下午三點半。有希在飯廳聽到玄關大門開鎖的聲音。

「啊，我回來了。有希小姐，妳先回來了啊。」

「算是吧。」

這是假的。有希今天沒踏出家門半步。

「啊～～！又在吃那種東西！有希小姐，妳會變胖喔。」

「很抱歉，我是吃不胖的體質。」

有希一邊說，一邊啃著當存糧的甜甜圈——此外和體質無關，肥胖症在現代是眾所皆知只要用藥就不難治療的生活習慣病，所以這段對話就像是不到挖苦等級的問候。

「好的好的。我來泡茶喔。」

雖然不算證據，不過奈穗沒繼續抱怨。

「幫我泡咖啡。」

「要加滿滿的牛奶對吧？」

「還有蜂蜜。」

奈穗嚇了一跳，在前往廚房的途中停下腳步轉身。

咖啡加入蜂蜜？奈穗對此感到驚訝，卻立刻察覺這不是多麼奇怪的事。名為「Con leche」（Honey cafe con leche）的飲料就是加入蜂蜜與牛奶的咖啡，她身為侍女學過這個知識。只不過四葉家包括幫傭在內沒人在咖啡加蜂蜜，所以她一瞬間覺得不對勁。

「遵命。」

奈穗將驚愕的表情改成笑容，點頭回應就這麼維持轉身姿勢的有希。

不過，看來她太早接受了。

也試著做了自己的分，將兩杯Con leche擺在桌上的奈穗，這次真的瞠目結舌。

有希嘗了一口之後，立刻將咖啡杯放回碟子。接著不得了！居然開始在咖啡加入方糖。

奈穗就這麼將驚愕貼在臉上，喝一口自己的咖啡。

——好甜。

——夠甜了。

——明明很甜，卻還要加糖？

自己太小看有希了。奈穗真心這麼認為。

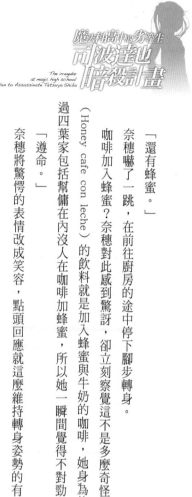

有希以疑惑的眼神，看向震驚僵住的奈穗。

「怎麼了？」

「不……沒事。」

簡直說不出「妳的味覺使我受到震撼」這種話。以奈穗的立場，她滿心只想笑著掩飾。

「——這麼說來，妳回來之後臉色就一直不太好。發生了什麼事？」

不過聽到有希的指摘，奈穗心臟用力跳了一下，基於和剛才不同的意義繃緊表情。

「……真是的，沒什麼事啦。」

奈穗立刻露出討好的笑容想要掩飾。

「這麼說來，妳說過妳是出門工作。那個髮型也是工作所需？」

不過，現在的有希打從一開始就不想停止追問，所以這招對她不管用。左右對稱在耳際上緣束起，就這麼沒綁辮子任其下垂的「雙馬尾」髮型，以及刻意妝扮得比實際年齡還小的容貌。有希仔細打量這樣的奈穗詢問。

奈穗大概也知道沒辦法帶過吧。她輕輕嘆了口氣。

「……打扮成小孩子的模樣，男人就會粗心大意。」

「原來如此。」

有希也會使用這種手法，所以非常能理解。

「我外表長這樣……所以可愛勝過性感。」

奈穗不是假裝，而是真的露出略為自嘲的笑。

「所以？幹掉誰了？」

「咦……？」

不過這張笑容再度僵住。

「妳殺了人回來吧？第一次殺人嗎？」

奈穗目不轉睛注視有希。她臉上寫著：「妳為什麼知道？」

有希沒回答這對視線的詢問。即使奈穗開口發問，有希應該也不會回答吧。

「……不，是第二人。訓練時殺過一人，我還以為那樣就習慣了。」

到最後，這場耐力較量是奈穗輸了。

「第一人的時候是不是吐了？」

「……妳好清楚耶。」

聽到這句話，有希淺淺一笑。

不是嘲笑。是內心某處鬆一口氣的笑。

「因為這很常見。」

有希說完，暗自補充說「但我沒想到魔法師也一樣」。

這句細語沒傳入奈穗耳裡。

「有希小姐也是？」

奈穗的問題是「有希當時也吐了嗎」的意思。

「我沒吐喔。差點吐出來就是了。相對的，那天我失眠到天亮。」

「這樣啊……」

「哎，這種事有個人差異。妳多做幾次應該就會習慣喔。」

——但我不知道這是不是好事。

這次的細語沒說出口，只留在心裡。

「所以，妳殺了誰？」

有希像是阻止自己多嘴，繼續這麼問。

「赤石喬爾。委託人那邊擔任聯絡窗口的男性。」

在有希安慰之下稍微回復心情的奈穗，以公事公辦的語氣與表情回答。

「其實只是想先試個水溫，不過差點被他得逞。」

有希臉上掠過一絲困惑，但是沒做出驚叫或改變表情之類的反應。

「加上沒有其他人看見，我就下定決心動手了。」

「這是……不得已的。」

有希的立場沒有高到能對奈穗的殺人方式下指導棋。不能對她的判斷挑毛病，即使擁有指導的權利與義務，以有希的個性也說不出「妳就忍著和他上床吧」這種話。

「妳說沒有目擊者，不過監視器呢？雖然不必提醒，但應該沒留下證據吧？」

「飯店裡沒有監視器或收音器。不過市區監視器可能拍到我們『約會』的樣子。」

「這部分就沒辦法了。」

市區監視器記錄所有行人的影像。只是因為資料量龐大，所以若要調出沒進行犯罪行為或異常行動的個人情報，要花費相當高的成本。

因此，並不是所有犯罪都會用到市區監視器的資料。即使是命案，是否能獲准搜尋資料，也要看負責的刑警及其長官的政治力而定。能否從市區監視器的記錄影像鎖定嫌犯身分，某方面來說要靠運氣。

「我想應該沒留下物證。畢竟也沒使用凶器。」

「……魔法嗎？」

「是的。」

「可是奈穗，妳不是沒帶那個C什麼的機器嗎？還是妳藏在暗袋？」

「妳是說CAD吧？」

有希說的「C什麼」這句話，引得奈穗不禁發自內心苦笑。基本上只有魔法師會使用這個道具，所以或許難免記不得正確名稱。

「我擁有某種不必使用ＣＡＤ的機密技術喔。」

「念咒語之類的嗎？」

「滿類似的……不過是祕密。是機密。」

有希沒繼續問。殺手或忍者都會暗藏底牌。既然奈穗說是「機密」，有希就知道再怎麼問也沒用。

「啊，我再去泡咖啡。」

奈穗察覺有希的杯子見底，站了起來。

「要加滿蜂蜜。」

「好的，加滿蜂蜜是吧。」

聽完有希的要求，奈穗笑著點頭回應。

奈穗第一次工作的話題，暫時到此為止。

◇　◇　◇

發現赤石屍體的契機，在於通知退房時間已到的內線電話怎麼打都沒人接。

感覺可疑的房務人員，在五月十七日上午十一點半踏入房間。雖然立刻報警以及叫救護車，卻沒造成太大的騷動。這裡好歹號稱高級飯店，職員不會胡亂吵嚷。另一個原因是死者乍看之下沒有外傷，血也被水流帶走（正確來說是奈穗沖掉的），所以一開始推測是腦中風或心臟麻痺。

「是誰關掉蓮蓬頭的？」

趕來的刑警抱持這個疑問。

「蓮蓬頭有防止忘記關閉的機能，如果什麼都沒做，會在三十分鐘後自動關閉。」

不過經過職員的說明，疑問沒成為嫌疑。

◇◇◇

十七日剛過中午，鱷塚來到有希的住處。他是來送有希委託調查的情報，但他一坐下就詢問有希另一件事。

「殺掉赤石了？」

「嗯，昨天奈穗解決了。既然你不知道……」

「對，還沒報導出來。出入警視廳的記者們，肯定也還沒獲得這個情報。」

「真意外……」

「方便說明狀況給我聽嗎？」

聽到鱷塚這麼問，奈穗老實開始說明。其實有希也是第一次聽細節。

「……赤石大概是那間飯店的常客。房務人員恐怕是以多拿小費為代價，不過問赤石的性侵行徑。」

聽完奈穗的說明，鱷塚露出接受的表情發表感想。

「這種程度我也猜得到，不過這又怎麼了？」

「應該是徹底避免妨礙到他『享樂』的時間吧。」

「你的意思是說，因為這樣才晚一步發現嗎？」

「應該是。而且……」

鱷塚支支吾吾。

「什麼事？」

在有希催促之下，鱷塚立刻繼續推理。

「Shell的手法，我想也是警察晚出動的原因。」

「Shell」是奈穗和有希討論之後決定的識別代號。鱷塚也依照亞貿社的作風，決定平常就以代號稱呼奈穗。

「因為用了魔法？」

「粗略來說就是這麼回事。」

「居然說『粗略』……這時候應該用『簡單來說』吧？」

這或許是有希想堅持的部分。

「如同以前咒殺無法當成殺人案成案一樣，使用魔法暗殺在某方面來說，難以成立為刑事案件。」

但是鱷塚完全不予理會。

「剛才聽Shell說明的魔法，比起直接停止心跳或是讓腦血管破裂來得好懂，不過凶器是少量的水，又藏在耳朵裡……」

「所以直到解剖才會知道是他殺嗎？」

應該不是自己的抗議被無視而火大，但有希在鱷塚說到一半就搶話。

「是的。」

不過鱷塚只是點了點頭回應。

等到赤石的死亡被當成他殺案件報導出來，再調查警方辦案的進度。關於這部分決定當前這麼處置。鱷塚感覺現在才終於進入正題。

「Nut，我查過小西教團的活動計畫了。」

「立刻給我看吧。」

有希沒說「這麼快」或「真了不起」這種制式化的誇獎話語。兩人之間不需要這種早就明瞭的稱讚。

「相當積極在進行活動喔。」

鱷塚將電子紙的平板裝置遞給有希。

有希以固定的速度翻閱預先開機的電子紙。

「……鎖定在示威遊行吧。發傳單那裡應該很難潛入。」

「那麼這個怎麼樣？」

鱷塚操作不知何時握在手上的行動終端裝置。

大概是安裝了電子紙的遙控軟體，配合鱷塚的手指動作，有希手上的平板畫面變了。

「這是經過國會議事堂前面的路線。預測會和警方產生衝突。」

「……要我因為妨礙公務被逮捕？」

「不不不，只要流點血給他們看，應該很快就會被認同是夥伴吧？」

有希抗拒般板起臉，不過與其被警察抓，故意受點輕傷確實比較省事。

「講得真簡單啊……」

有希嘆口氣斜眼瞪向鱷塚。但她內心已經採用鱷塚的方案。

「我要怎麼做？」

大概是看兩人得出結論了，至今默默堅持當背景許久的奈穗開口問。

「立刻著手下一步比較好嗎？」

她詢問兩人是否該去殺掉下一個目標。

昨天看過奈穗鐵青表情的有希，對於她這句話以及毫不猶豫的表情感到驚訝。不過鱷塚大概是認知到奈穗是「四葉的魔法師」，所以沒特別覺得突兀。比起對方是「十五歲女生」的事實，鱷塚以「魔法師不會因為殺人這種小事就發愁」這個世間印象判斷奈穗的態度。

「隔一段時間比較好吧。至少先確認警方動向比較好。」

赤石的死亡是否會當成殺人案件進行搜查？

若是進行搜查，是否會鎖定奈穗為嫌疑犯？

應該先確認這兩點。這是鱷塚的意見。

「知道了，那我觀望一陣子。」

奈穗昨天原本也只是探路。而且即使不急著處理，暗殺「達也大人」的計畫也不可能成功。奈穗只從傳聞認識達也這個人，不過即使是本家侍從之中瞧不起達也的人，都以「宛如惡魔」的形容方式承認達也的戰鬥力。

奈穗對於「暫緩」的這個決定毫無異議。

◇　◇　◇

另一方面，小西蘭開始感受到「不能花太多時間」的焦慮。

她昨晚原本預定單獨和赤石喬爾見面。雖然這麼說，但也不是幽會。是為了說明暗殺委託的現狀，並且以目標對象比預料中棘手為理由，進行增加報酬的協商。

但她即使在密會場所等了兩個小時，赤石還是沒來。以對方提供的祕密號碼打好幾次電話也沒人接。

如果是約時間談普通的工作，也可能是對方臨時有急事。不過赤石和小西簽下的契約是殺人委託，很難想像對方毫無通知就取消行程。

赤石出事了。

說不定是被殺了。司波達也身邊可能有魔法師暗中護衛，小西先前才這麼推理過。可能是這股勢力展開反擊。

小西沒有就此收手的想法。她可沒這麼小看黑暗世界。如果赤石被殺真的是來自司波達也護衛勢力的反擊，那麼盡快完成暗殺委託才是最確實的活路吧。只要那個少年死掉，肯定就沒有解決小西的理由。

小西認真開始思考是否要僱用外部殺手。

◇　◇　◇

警視廳斷定赤石的死亡為他殺，是十七日入夜之後的事。解剖的結果，發現耳腔深處有個貫穿頭蓋骨的洞。之所以直到解剖才發現，是因為凝固的血阻塞破洞，阻止血液與腦脊髓液流出。

「究竟要用什麼凶器與手段才能這樣殺人……？」

警視廳搜查一課的中階刑警（巡查部長）梶谷，從剛才就看著鑑識報告書一臉納悶。

死因是大腦的廣範圍損傷。損傷原因是來自頭蓋骨內部的劇烈壓迫。雖然類似蜘蛛膜下腔出血時的症狀，卻沒發現該處血管受損。

貫穿頭蓋骨的洞，也不知道是何種凶器造成。從外耳道與破洞留下的痕跡，鑑識人員推測是被極小口徑子彈之類的物體打中。

不過頭蓋骨內部連一根針都沒找到。洞只有一個，所以無法想像凶器貫穿頭顱而出。如果是打入長釘之類的物體再拔走，肯定會留下抽拔的痕跡，卻也沒有這種痕跡。

「這果然是魔法造成的命案吧？」

和梶谷同屬搜查一課的年輕刑警尾山說出自己的看法。這是他第二次主張這個推理。

「可是感應器沒反應啊？」

梶谷也是第二次這樣反駁。

案發現場的飯店沒設置防盜監視器。客房樓層沒有監視器是當然的，但餐廳樓層也沒有二十四小時的防盜監視器，只設置緊急鈴一響就連動開始記錄的機種。

不過，偵測魔法的想子感應器，在客房門前的走廊也以一定間隔設置，性能足以在室內使用殺人等級的魔法時確實記錄其反應。發現屍體的房間斜前方也有感應器。如果室內使用魔法，沒留下紀錄就很奇怪。這就是梶谷無法判定是魔法師行凶而傷透腦筋的理由。

其實不只尾山，梶谷也懷疑凶器可能是魔法。依照他們的常識，無法建立合理假設的犯罪，原則上都要質疑可能是魔法師的犯行——非魔法師的多數派刑警們都抱持這種觀念。

「被害者生前有攜伴對吧？」

「是的，一名年輕女性。不過這名女性好像是從餐廳直接去客房，櫃檯監視器沒拍到她。」

「門廳呢？不管怎麼樣，還是會拍到從外面進飯店的樣子吧？」

「關於這個，她始終躲在被害者後面，沒拍到長相。」

「早就知道監視器的位置嗎?」

「應該是吧。但不是女方知道,是被害者知道。被害者好像是那間飯店的常客,而且帶來的女性好像未成年,大概不想留下影像吧。」

「未成年嗎……」

梶谷的語氣帶著鄙視。或許是覺得死者自作自受。

「那麼,市區監視器那邊也沒什麼希望了。」

「只因為可能未成年,應該很難調閱吧。拿『尋找目擊者』這種程度的理由應該不會獲准。即使沒能列為嫌犯,至少要證明她和案件的關連性足以列為重要證人。」

市區監視器至少名義上是為了記錄犯罪內容追捕罪犯而設置的,所以嚴格限制檔案挪用在其他目的,即使是辦案所需也不例外。

如尾山刑警所說,如果目的是尋找目擊者,批准使用的可能性不高,對象未成年的話,批准的可能性更低。

「不考慮那名少女是凶手嗎?」

「依照餐廳供餐人員與房務人員的證詞,她是身高不到一五〇公分的嬌柔少女。雖然化妝勉強裝得成熟,但實際年齡大概十二三歲。」

尾山說明完,梶谷露出傻眼至極的表情。雖然刑警不該這麼想,但這張表情像是在說

「這種戀童癖被殺也是當然的」。

「除非使用魔法，否則這名少女應該不可能殺掉被害人吧。」

「畢竟想子感應器也沒反應。到頭來問題在於殺害方法嗎……」

把少女塑造成嫌犯藉以獲得市區監視器檔案的使用許可是一件難事。承認這一點的梶谷嘆了一大口氣，以缺乏守法意識的心態思考是否能借用網路課的駭客。

◇◇◇

到了五月十八日，新聞一角（不是報紙）以小篇幅報導赤石喬爾遇害事件。內容是赤石的姓名、中堅電力公司社員的身分、飯店所在的城市名稱與推定死亡時間。別說發現屍體的狀況，連飯店名稱都沒報導。

鱷塚立刻出動收集警方內部情報。即使無法入侵警視廳的大樓或電腦，也有刺探的手段。向出入的人員打聽情報就好。

警察和警政記者堪稱勾結的交情從上個世紀就沒變。警察透過記者控制情報，或是取得警方也沒掌握的小道消息。相對的，警政記者可以搶先從警察那裡取得案件相關的第一手情報。

從情報管理與情報公開的觀點來說，這不是好習慣。不過這種合作關係對辦案有一定程度的貢獻，這也是事實。也有不少警官討厭和媒體打交道，卻當成必要之惡而勉強接受。

可以利用的情報來源不只是媒體。從食品或雜貨的進貨業者也能打聽到傳聞，而且用不著混入警察署，警察主動找上門的黑道分子或酒店店員也是寶貴的情報來源。

光靠鱷塚一人不可能網羅這一切。但是即使只看東京市中心，他這樣的情報販子也很多。只要提供對方想要的情報，這邊也能獲得需要的情報。

十九日早上，鱷塚已經幾乎掌握警方的搜查狀況。

五月十九日，星期六下午。鱷塚將調查結果整理完畢，前往在自家待命的有希面前說明。

與其說是向有希報告，他的目的比較像是告知奈穗「出動也沒關係」。但是前往公寓的鱷塚不只是必須對有希與奈穗說明。

『……那麼，警方還沒掌握到赤石當天帶女人進飯店吧？』

文彌隔著視訊電話詢問。

「從結論來說，是的。」

鱷塚坐在餐桌前面，正要開始說明的這時候，文彌打電話過來。

「他們曾經懷疑可能是魔法師行凶。但想子感應器沒記錄到反應，所以沒能斷定的樣子。」

有希默默在一旁看著鱷塚與文彌對話。文彌再怎麼說也是她的雇主，所以有權優先詢問，而且有希想問的事情都由文彌問了，某方面來說她也省下這番工夫。

畫面中的文彌依然穿著制服，看來剛從高中放學回來。

有希已經十九歲，不是就讀高中的年齡，但她回顧沒能成為高中生的自己就隱約感到嫉妒，而且有希對這樣的自己嚇了一大跳。

直到去年——直到和普通高中生同年紀的那時候，她從來沒冒出想上學的念頭。即使曾經羨慕高中生無憂無慮的立場，也不會嫉妒他們的境遇。

嚴密束縛的時間。

非得給家裡養的生活。

看起來能恣意妄為，卻被看不見的鐵格子包圍，位於狹小牢籠裡的自由。

每次看到街上成群魚貫行走的女高中生，有希就抱持某種優越感，同時心想「我沒辦法像她們那樣」。

不過這應該是逞強吧。

自己或許是伊索童話那隻「吃不到葡萄說葡萄酸的狐狸」。

這樣的雜念分散注意力，使得有希中途聽漏鱷塚與文彌的對話。

『知道了。和這邊調查的結果一致。辛苦了。』

文彌說出這句話的時候，她的注意力才追了上來。

有希沒有「既然你已經知道，就別叫我們說明」的想法。

鱷塚大概也一樣。

從不同路徑調查到的結果一致，代表情報是正確的。調查結果獲得證實，對於鱷塚或有希來說都是好事。

文彌也是因而滿意吧，他和鱷塚的對話在此時結束。

『那麼，奈穗。』

「是，文彌大人。」

文彌叫到名字，奈穗站到鏡頭正前方，鱷塚取而代之坐在椅子上。

『妳藉由本次行動，證明自己身為combat proven……身為暗殺者具備足夠的戰力。』

「——謝謝。」

『派妳過去那裡，正是為了測試妳的實戰能力。漂亮贏取合格資格的妳沒理由留在那裡。奈穗，如果妳希望，我試著拜託當家大人讓妳復職回到本家吧？』

奈穗沒能立刻回應。她悄悄瞥向有希觀察表情，在下一瞬間移開目光，也沒能和畫面中的文彌四目相對，低下頭來。

『好幾個人目擊妳和名為赤石的男性走在一起。萬一獲准調閱市區監視器的檔案，應該會輕易查出妳住在那棟大樓吧。』

奈穗頓時抬頭，轉頭看向有希。這次她沒別過臉，目不轉睛注視有希。

「我不在乎喔。要是狀況變得不妙，只要再搬家就好。」

有希不是對奈穗，是對電話另一頭的文彌這麼回答。

「要是害怕市區監視器，就當不了都會的殺手。」

現在日本全國都市都設置市區監視器。不只是都市區域，小鎮或村子的主要道路也設置市區監視器。

「一九八四法隨時嚴厲監視中。被市區監視器暴露身分，只能當成自己跟遭遇天災一樣倒楣而看開吧？」

反一九八四法，或是省略「反」字稱為一九八四法，正式名稱是「防止公共機器收集情報侵犯到個人隱私的相關法律」。簡稱的「一九八四」不用說，當然來自喬治・歐威爾的小說《１９８４》。設置市區監視器的時候，基於預防過度侵害個人隱私的目的，因此政府制定這項法律，避免《１９８４》描寫的超監視社會來臨。

老實說，妨礙警方利用市區監視器的正是這項法律。反一九八四法的廢除如今成為警方相關人員的夙願，光是提到要修正就會遭受市民團體與媒體強烈抨擊，所以沒能著手進行。

——只不過，即使以反一九八四法進行管制，國防軍的情報部或內閣府情報管理局私底下依然頻繁利用市區監視器的資料。

文彌知道反一九八四法沒有被嚴格遵守，卻沒反駁有希這番話。因為如果只是單一平民命案的等級，反一九八四法肯定會成為防波堤。

『奈穗，有希那麼說了，妳想怎麼做？』

文彌以親切的笑容逼奈穗做決定。

「文彌大人……可以的話，請讓我做到最後。」

『妳說的「做到最後」，指的是直到殺掉委託人與接受委託的教團幹部所有人嗎？』

「教團那邊會由有希小姐接手處理的樣子。」

『那麼，妳是要處理委託人那邊？』

「是的。」

『不過依照報告，好像還有五人啊？』

「請讓我繼續。」

即使得知具體人數，奈穗的回答也沒有迷惘。她以堅定表情看著牆面顯示器。

「因為如果我回到本家，有希小姐又會變成一個人住。這星期以來，她明明好不容易會在算是早上的時間起床，不只吃甜食而是正常吃三餐，少吃點心，衣服沒堆太多就會洗，每天用吸塵器打掃自己房間，洗澡也會好好洗五分鐘以上，慢慢過著比較像樣的生活了！要是我這時候走掉，她又會回到原本自甘墮落的生活啊！」

奈穗以拚命的表情對文彌這麼說。

『是……是嗎？』

畫面中的文彌肩膀顫抖。

「……講得真不留情面啊。」

反觀有希則是板著臉瞪向奈穗。但不是從正面，而是斜眼瞪。擠出來的這句話也沒有否定奈穗的發言。

「所以，拜託您！」

奈穗看都不看有希一眼，就只是以懇求的眼神注視畫面中的文彌。

「至少要讓現在的生活定型！否則我將會失去侍女的驕傲！」

『知道了，我准。』

「謝謝您！」

就這樣，奈穗得以在有希住處繼續進行任務。

【6】

從濱松到東京，即使不搭磁浮特快車，而是以廂型電車與跨市子母列車移動，也只要一小時多一點的時間，不到一小時半。不只是在當天來回的範圍，還是傍晚出發適度遊玩之後，當天就能返家的「夜遊範圍」。

今天是星期六，魔法科高中也只上半天課。身為第四高中學生的亞夜子與文彌姊弟行走在日落前的東京也一點都不奇怪。

如先前所述，即使從這個時間開始計算，「工作」三四個小時再回到濱松住處也是綽綽有餘。但兩人首先前往的地點是飯店。

「恭候兩位很久了。」

三十歲前後的男性在飯店門廳招呼兩人。現在的文彌沒扮裝，外表也是男女雙人組，所以沒構成奇妙的光景。但如果文彌扮裝成「一如往常」的模樣，加上現在是即將天黑的時段，或許會有人報警。

不過即使變成這樣，到最後還是只會以誤解了事。

「黑川。」

「辛苦了。」

文彌叫他的名字，亞夜子則是慰勞他。這名穿西裝的青年（姑且強調他是青年）是文彌他們認識的人，全名是黑川白羽。在黑羽家的部下之中不只是中堅，在文彌獨自出任務的時候還擔任他的隨從，是將來的黑羽家幹部候補。

今天他不是全身黑，是穿著深灰色的細條紋西裝。雖然稱不上高級，不過在堪稱豪華的這間飯店門廳，他毫不突兀融入這個環境。

「入住手續已經辦理完畢。亞夜子大人，要幫您提行李嗎？」

「哎呀，謝謝你。」

「兩位這邊請。」

黑川從亞夜子手中接過附滑輪的旅行包，帶領兩人搭乘職員用的電梯。

為兩人準備的房間是頂樓的總統套房。兩名高中生住這間套房過於奢侈，但亞夜子與文彌都沒畏縮。畢竟他們不是「平凡」的高中生，而且這裡實質上的老闆是黑羽家。

這間總統套房沒開放給一般客人。該飯店對外沒有總統套房。這間套房從一開始就是為了黑羽家而保留的。

「我在隔壁待命，請兩位放輕鬆享受。」

黑川說完要走出總統套房時，文彌叫住他。

「拜託收集的資料在哪裡？」

「打開電視頻道第九十八台就可以收看。」

黑川的身影消失在恭敬關上的門後。

文彌拿起遙控器，轉到剛才告知的頻道。

映在螢幕上的是「人本生活與社會促進協會」的詳細幻燈片資料。

畫面夠大，所以讀取文字並不費力。亞夜子與文彌並肩坐在沙發，目不轉睛注視接連切換顯示的電視畫面。

「……姊姊，接下來怎麼做？」

看完幻燈片之後，文彌向亞夜子詢問今晚的方針。

「這個嘛，先換衣服跟化妝吧。」

文彌嘆了口氣。

只是嘆氣，沒出言反抗。

「哎呀，今天這麼乖？」

亞夜子露出頗感意外的表情對文彌說。不過她的眼睛在笑。

「必須這麼做，所以沒辦法啊。」
文彌以死心的語氣回應。
兩人用心扮裝之後，坐進地下停車場停放的自動車。
亞夜子以染髮噴霧將頭髮與眉毛染成金色，使用金色亮片睫毛膏改變睫毛顏色。包括臉部在內，外露的肌膚打上厚厚的白色粉底，雙眼戴上深藍色的隱形眼鏡。加上她五官原本就明顯，看起來很像白人或白人混血兒。
文彌這邊則是一如往常，戴上鮑伯頭假髮並以口紅、腮紅、眼線、睫毛膏與眉筆上妝。
兩人的服裝是衣襬外露的女用上衣搭小外套，以內襯增添份量感的裙子，不透膚的花紋褲襪以及高筒運動鞋。亞夜子與文彌都是同樣的搭配。
只不過，兩人的差異在於文彌裙子及膝，亞夜子的裙子只到膝上十公分。此外文彌脖子圍了領巾。
陪著來日本玩的外國朋友上街夜遊的女高中生——可說是這種感覺吧。這種組合在東京並不稀奇。
「黑川先生，久等了。」
就算這麼說，至少亞夜子不想連講話都假裝是外國人。

「夜大小姐、闇大小姐，要去哪裡？」

坐在駕駛座的黑川，換成像是有人計程車司機的服裝。自動車看起來也像是接送專用的出租車。

在公共無人計程車普及的都市區域行駛的有人計程車，大致都兼任觀光導遊。行人看到路邊停著只有司機在車上的自動車，也傾向於擅自認定「應該是在等乘客回來」。

「避免夜長夢多，要不要突襲小西教團的總部？」

黑川說著笑了。

「先打擊教團調度武器的管道。」

如果這時候採納黑川的建議，回到住處應該會被訓一頓吧。文彌沒採用這個做法。

「教祖小西有幾個難解的疑點。查出她怎麼對信徒洗腦之前，最好不要下手。」

亞夜子接續文彌的話語這麼說。

「遵命。」

這段補充在黑川心目中是滿分。他滿意點點頭，讓自動車起步。

黑川將自動車停在池袋鬧區相當外圍的地點。這個時間人潮也不少，卻隱約覆蓋著外行人難以接近的氣氛。熙攘的人影也大多是「遊手好閒」的模樣。

「這裡是……？」

亞夜子仰望對向車道另一側並立的華廈，以疑惑的語氣詢問黑川。剛剛才看的幻燈片資料，沒有關於這附近的記述。

確實是多少帶點危險氣息的區域。但也僅止於尋求刺激夜遊的少女也敢闖入的危險程度。

如果是暗中進行槍炮炸彈交易的場所，會洋溢更正統的犯罪氣息，不然就是表面上絲毫嗅不到犯罪的味道，肯定是這兩者之一。至少亞夜子與文彌以往出任務的目的地盡是這種場所。

「今晚的目的是摧毀小西教團調度武器的管道對吧？」

「我不認為光是今晚就能完全摧毀。」

對於黑川試探般的反問，文彌以不是滋味的聲音與符合外表的語氣回答。

「為此該怎麼做？」

黑川繼續發問試探。

他擔任文彌的輔佐與隨從，同時也肩負教育的職責。

「襲擊保管庫，搶走所有武器怎麼樣？」

「雖然正確，但這是截斷組織內部調度管道的方法。夜大小姐的意見是？」

「壓制交易對象就好吧？看要重創到沒辦法做生意，還是威脅他們斷絕和教團的交易，這樣教團就無法取得機關槍或炸彈這種嚴格取締的武器吧。」

「您說的沒錯，不過這樣很費工夫。因為走私武器的業者不只一兩家。」

並肩的亞夜子與文彌一起沉思。

「我認為兩位都想得太複雜了。」

黑川的建言使得亞夜子靈光乍現。

「讓教團那邊沒辦法買武器就好？正確做法是搶走交易用的現金嗎？而且教團的金庫在這附近對吧？」

「夜大小姐，真漂亮的回答。」

亞夜子露出開心的笑容。

「可是就算搶走他們手頭的現金，他們也不會因而失去資金吧？」

文彌變得有點不高興，出言反駁。

「我想他們應該也有存款，有託管的有價證券，或是應急用的金銀珠寶。」

「黑市交易的武器，沒辦法用記名式的電子貨幣或支票購買喔。銀行匯款與信用交易則是完全不考慮。」

不過黑川的反擊令文彌語塞。

「黑市交易能使用的是現金、無記名式的現金卡、金幣或是金條，而且這些都必須以實物的方式備妥在手邊。」

亞夜子代替沉默下來的文彌，回應黑川的說明。

「換句話說，搶空金庫就能妨礙交易？如果為了填補失去的資金而提領高額存款或是大量賣掉有價證券，會被金融或稅務當局盯上，這樣某方面來說也能牽制教團……是這個意思嗎？」

「一點都沒錯，夜大小姐。」

「知道了。那麼事不宜遲，小闇，出發吧。」

「……黑川，教團的金庫在哪棟大樓？」

文彌克制不甘心的情緒，詢問黑川。

黑川不是以教師的表情，而是以部下的表情回答這個問題。

◇　◇　◇

反魔法主義團體的代表人小西，即使在星期日也不會休假。團體成員（信徒）不少人是星期一上班到星期五的公司職員，所以星期日反而比較忙。此外也有某些業種的職員在平日放假，所以到頭來她沒有固定的休假日。

只不過在今天的五月二十日星期日，小西就算休假也會被叫到團體總部吧。

——池袋的事務所遇襲，祕密金庫的內容物全被搶走。

早上降臨的這個壞消息，使得她在代表室頭痛不已。

遇害的祕密金庫保管的現金與無記名式現金卡，是用來購齊非法業務所需的武器與裝備。現金這部分，ＵＳＮＡ的美金與大亞聯盟的人民幣比日幣多。因為走私業者喜歡能在自己國家使用的小額紙鈔。

現金在通貨供給量所占的比率下降，不是日本特有的傾向。不，日本普遍以無記名式現金卡補足現金，若是加入這個要素，日本的現金比率在主要國家之中可說是比較高的。

要準備大量的ＵＳＮＡ美金或大亞聯盟人民幣並不容易。小額紙鈔更不用說。

由自付型支票（銀行以自己為付款人開出的即期支票）衍生出不必背書，無記名也無期限的現金卡比較容易取得，但是比較不被外國買方接受，而且以匿名性來說還是不如現金。

在填補遭竊的現金之前，採購武器難免變得困難。

（究竟是誰……）

不知道襲擊犯的真實身分也是頭痛根源。

池袋的事務所暗藏高額現金，因此戒備森嚴。如果深夜還有很多人會引人起疑，所以常駐的警衛僅止於兩人，不過以防盜監視器為首的警備機器層層設置，多到「需要這樣嗎？」的程度。

保全設備沒有損毀，也沒有被癱瘓。以結果來說卻完全沒派上用場。

監視的警衛與趕來的警衛都遭受不明攻擊，沒能做出任何反應就昏迷，監視器只錄下滿是雜訊的影像。即使嘗試使用影像解析軟體，也連入侵事務所的人數都查不出來。

不知道搶匪的目的，也激發她的不安。

那間事務所本來是用為無頭龍的祕密據點。本國組織毀滅之後，這個祕密也沒曝光。金庫也是連同內容物從無頭龍東日本分部繼承過來的。

「人本生活與社會促進協會」和池袋事務所的關係，連警察也不曉得。小西對此有自信。昨天的襲擊來自教團敵對勢力的可能性肯定極低。

單純是搶匪湊巧得知祕密金庫的存在？

不過那種做法實在不像是普通的強盜。

手法不算俐落，反倒是憑蠻力強行搶劫。

不過這股「蠻力」非比尋常。

無法以一般的機械技術說明。從這方面來看，很可能是魔法。

但是偵測魔法的感應器沒反應。沒發出線上警報，內建的儲存裝置也沒留下記錄。

無頭龍是以魔法為武器的犯罪結社。使用魔法師當原料的「增幅器」是無頭龍的重要商品，使用魔法師為主體的「施法器」是組織的王牌。

小西自己不是魔法師，所以沒有使用魔法所需的知識。但她擁有交易商品的相關知識，知道即使是魔法也有做得到與做不到的事。

例如本次目標——司波達也的「護衛」分解炸彈的魔法，應該是消除引爆裝置零件之間的摩擦力。固定引線的螺絲是以摩擦力和螺絲孔固定。只要中和摩擦力，以螺絲鎖緊的零件就會因為重力或振動自然分離。沒目睹炸彈解體現場——只聽報告的小西這麼認為。

防盜監視器的雜訊，當成光線經由魔法產生漫反射就姑且說得通。不過，既然以電腦都無法復原影像，讓光線反射失控的魔法想必相當強力，難以想像瞞得過偵測魔法的想子感應器。

魔法愈強，就愈無法隱藏使用的痕跡。這一點和物理現象相同。將能源變換為「工作」的時候，會產生和「工作」無關的多餘熱能，同樣的，行使魔法的時候會產生多餘的想子波。魔法效力愈強，附屬產生的想子波也愈強。想子感應器可以捕捉這種想子波，偵測魔法的使用。

即使不是魔法師，使用適當的機械技術一樣能得知有人使用魔法。魔法可以說正因如此才獲准存在於這個社會。

如果使用魔法完全不留痕跡，魔法師以外的人完全無法偵測到有人使用魔法，魔法師就能毫不受限對魔法師以外的普通人進行完美犯罪。

正因為普通人也有方法得知有人使用魔法，所以不必害怕社會秩序因為完美犯罪而瓦解，可以容許魔法存在。

就算使用魔法，也無法實現完美犯罪。這是魔法背負的極限之一。

如果昨晚的強盜沒被感應器偵測，使用了不會被拍下身影的魔法……

將會推翻魔法相關的常識之一。

而且如果這名襲擊的犯人，是想阻止司波達也暗殺計畫那一派的魔法師……

——思考到這裡，小西在辦公桌前搖頭認定「不可能」。又不是現代被「誇大」的傳說——四葉一族，她認為不可能有魔法師能夠不留任何痕跡使用魔法。

防盜攝影機沒拍到東西，肯定是使用某種魔術詭計。警備系統是機械，那麼沒道理騙不了機械技術。比其當成某人使用超越人智的魔法，這種推測合理得多……

比起確認強盜真實身分，小西決定先解決當前的問題。

非法業務暫時只能以手邊的武器應付。司波達也的暗殺計畫，也必須放棄僱用外部專家吧。

此外，反魔法主義團體「人本生活與社會促進協會」今天還有一件重大工作等待處理。

小西集團主辦的國會門前示威遊行。以示威方式和警察起衝突之後，也預定接受媒體採訪。現在沒空嘆息。

小西再度搖搖頭，切換心情。

◇ ◇ ◇

五月二十日，上午十一點半。

有希站在通往國會議事堂街道的人行道。

小西教團主導的示威遊行隊伍，即將通過前方的道路。媒體的現場直播車已經在道路兩側預備。星期日中午，應該會有許多人收看現場直播的新聞。可說是市民團體打響名號的絕佳機會。

另一側部遠處的國會門前，機動部隊已經在待命。不能說這是過度警備。上上星期也是，示威部隊企圖入侵國會，和警察爆發混戰。推測他們不是真的要占據議事堂，是為了向媒體宣傳才進行這場表演，但是警方基於立場不能不阻止。

有希不必等太久。示威隊伍按照預定時間出現了。配合全國網路新聞的時段登場。

和往昔一樣舉牌與拉布條，喊著批判魔法危險性的口號行進。唱和的聲音稱不上整齊劃一，反而營造出「草根性」的氣息。

參加遊行與看熱鬧的人數，都比有希預料的多。跟著喊口號並且從人行道加入示威行列的人影，不知道是暗樁還是自主加入。

示威遊行隊伍紀律不嚴謹，便於讓有希進行接下來的計畫。她一邊配合遊行前進，一邊伺機潛入隊伍。

示威隊伍抵達國會議事堂門前沒多久，機會來臨了。

站在隊伍前頭的年輕人們，放聲怪叫衝向警察行列。青年們的體格與行動都各不相同，看起來實在不像是受過訓練。如果這是演出來的，他們應該能在好萊塢當臨時演員吧。

警隊舉起防暴盾牌對抗示威隊伍的突擊。失控的年輕人們只是各自衝過來。光是維持陣型舉盾不留空隙，就可以輕易擋下衝過來的年輕人。

衝向警隊的年輕人不只是男性。年輕女性約三成。雖然是不起眼的輕便打扮，但是沒蒙面，適合五月後半中午時分的清涼服裝也藏不住性別。

言論自由沒有男女之別。即使是稍微脫離「言論」範疇的事態，雖然不樂見，卻還是不分性別平等發生。

但是並非不會因而產生弊害。

在這裡也因為脫離範疇而發生悲劇。

在旁人眼中，不知道這是偶然還是預謀。或許連當事人都不知道。如果身在受害的一方更不用說。

二十歲前後的激動女性，撞向透明的防暴盾牌。

體格不錯的青年隨後衝過來。

青年像是要踩在女性背上，企圖抓住盾牌後面的警察。

女性被壓在盾牌上，表情痛苦扭曲。

透明材質的防暴盾牌，讓警察目睹她的痛苦。

但是警察支撐盾牌的手沒放鬆。要是他在這時候放鬆力氣，前列將會被突破，和示威隊伍的激進分子爆發混戰。

夾在青年與盾牌中間的女性，像是昏迷般無力倒下。

陸續從後方衝過來的青年，被女性的身體絆到腳，踩踏她的軀體。

有希在這時候衝進示威隊伍。

她扭動嬌小的身軀，鑽到和警察產生衝突的示威隊伍最前列，蹲在倒地的女性身旁。

被激動情緒附身的書生型青年，想以有希當踏台撲向警察。

有希連忙發動身體強化的異能，以過肩摔的要領，將想踩她的男性身體往上頂。

青年落在警察頭上，有希看都不看他一眼，將女性身體往後拖。

鑽出衝突現場之後，其他女性跑了過來。有希抱著女性兩側腋下，趕來的兩人各抓住一條腿將這名女性抬起來。這種抬法對有希的負擔是另外兩人的兩倍，但有希沒說什麼，和抬腳的女性們合力將傷者運到人行道。

三人將女性放在人行道。她痛苦呻吟，看來沒完全昏迷。

新聞播報員帶著攝影機接近過來。有希將頭上棒球帽的帽簷壓低。大概是隱藏長相的動作反而引起注意，攝影師想以鏡頭追蹤有希，卻被播報員叫住，將攝影機朝向傷者。

同樣在示威隊伍裡的女性圍過來照顧傷者。有希和她們保持約三公尺的距離以免礙事。

「……哈囉，小姐……有聽到嗎？」

有希聽到一個有點客氣的呼叫聲。

看來是在對我說話。有希如此判斷，整個人轉向對方。

「什麼事？」

有希刻意以和善語氣回應，她視線前方推測約二十歲的大學生女性隨即鬆了口氣。

「謝謝妳救了莉子。」

「妳說的莉子小姐……是那位？」

有希看向在媒體群圍繞之下接受照顧的傷者，向她搭話的女性回答「嗯，對」點點頭。

「是妳的朋友？」

「算是朋友嗎？姑且認識。」

從她沒待在傷者身邊的事實，就隱約知道兩人交情沒那麼親密。

即使如此，她還是獨自來向有希道謝。真是個大好人……有希心想。

「我是哈娜。妳不是會裡的人吧？方便告訴我名字嗎？」

「夏（Natsu）。」

被問到名字，有希以識別代號「Nut」的發音編個假名自稱。

「因為看不下去。」

然後她補充這句話。因為她從哈娜的話語聽出「明明不是會裡的同伴，為什麼要救她」的疑惑。

「這樣啊。謝謝。」

「別客氣，這不是需要道謝兩次的事。」

有希基於接近目標對象的需求，能夠熟練使用客氣或正常的說話方式。現在她注意自己說話時要扮演十幾歲的勞動少女。

「不，沒那回事喔。」

推測是大學生的哈娜，即使不覺得這樣的有希平易近人，但好像解除戒心了。說話變得不拘謹，肯定是以為有希比她小很多。

「我們即使目睹莉子的慘狀也動不了。只有內心想著必須救她，身體卻不肯動。我覺得妳很了不起，好尊敬妳。」

「不……」

有希害羞不是裝出來的。如此直接的稱讚，她適應不來。

「因為我心態上也和各位一樣。」

即使如此，也確實沒忘記預定要說的台詞。雖然步驟有點改變，但有希的目的是潛入小西教團，必須強調自己站在同志的立場。

「果然嗎？」

哈娜這名女性的反應高於有希的期待，上鉤的樣子超乎預料。她滿臉笑容，一副隨時會抱過來的樣子。

「我們是同伴！」

教團的人不可能都這麼友善。有希如此警惕自己，克制自己差點偏向樂觀的心態。

哈娜缺乏戒心，讓人覺得她毫無心機，肯定是天生的個性。這是有希身邊沒有的類型，不過她從書上得知這種性格的人在世間存在著一定的比例——為了有效率地接近目標對象，不只是經驗，知識也是不可或缺。

「小夏，稍微聊聊嗎？」

「小……小夏？」

不過即使心態上做好準備，這麼裝熟也超乎預料。有希不禁大喊。

「……不能這樣叫？」

「啊，不，叫我小夏沒關係。」

「太好了。」

多虧這樣，她落得必須慌張補救，不過看來不必重新布局了。

「所以，要聊聊嗎？」

「我不介意，但是溜出去沒關係嗎？」

能親近教團成員正中有希的下懷，但是過於隨便接受邀請感覺很突兀。有希露出猶豫的樣子就是基於這份擔憂。

「遊行？沒問題沒問題。因為已經槓上警察了。除了莉子好像也有別人受傷，今天已經解散了喔。」

「既然這樣的話……」

「說定了！走吧！」

有希被哈娜拉著手，前往廂型電車的地下車站。

◇　◇　◇

哈娜帶有希前往青山的一間咖啡廳。晚上大概會變成酒吧。吧檯後方牆上並排威士忌或白蘭地的酒瓶，還有啤酒杯、白蘭地杯與小酒杯。

可惜不是教團總部，但有希在內心輕聲說「沒辦法從一開始就這麼順利嗎……」安慰自己。

哈娜好像是這間店的常客，和現今逐漸罕見的女服務生親切打招呼。說不定她也是在這裡打工的一人。

（應該不是教團的祕密據點吧……）

太心急了。有希在內心自嘲。

「怎麼了？」

「我很少來這種店，所以……」

有希連忙隨口瞞騙過去，同時警惕自己「繃緊一點」。

「啊哈，確實有點復古也不一定。」

哈娜說著，和剛好來點餐的服務生相視而笑。

哈娜點了果汁，所以有希也跟著點。有希不敢吃苦的食物，但酸的食物就沒問題。

「那麼，重新自我介紹。」

哈娜稍微端正坐姿，所以有希也挺直背脊到不拘謹的程度。

「我的名字是山野哈娜。其實山野花娜的發音才正確，但我嫌麻煩所以自稱哈娜。」

有希露出有點意外的表情。

「我是菲律賓的混血兒。在這個時代不稀奇吧？」

哈娜見狀笑著補充說。

有希不好意思般看向下方。

不是因為對混血兒的有色眼鏡表露在臉上，是被外行人看出表情而感到丟臉。

但是一直低著頭會變得尷尬。有希急忙重整心情揚起視線。

「我是……」

「啊，不用了不用了。」

有希想回以自我介紹時，哈娜搖手打斷她說話。

「我自報全名，是因為希望妳聽我說明。隨便把自己的私人情報告訴陌生人，大姊姊我不以為然喔。」

「居然自稱大姊姊……哈娜小姐，妳和我年紀差不多吧？」

就有希看來，哈娜二十歲左右。肯定沒有年長到能自稱是人生的前輩。

「咦？我今年二十一歲喔。」

哈娜的年齡正如有希的推測。

「小夏大概十五歲吧？」

所以，誤會的是哈娜。

「我十九歲。」

「咦咦？」

有希自覺外表看起來比實際年齡小。也知道現在的妝扮藏起剛強的一面，所以看起來應該比平常還小。

——不過就算這樣，妳也驚嚇過頭了吧？

有希忍不住想這麼說。

「對……對不起！」

大概是真心話又寫在臉上，哈娜連忙向有希低頭，還在腦袋前方合起雙手。

「不……我不在意。」

其實非常在意。

但為了完成潛入教團的目的，不得不這麼說。

有希在內心嘆氣。

[7]

『一般民眾對魔法師懷抱不安，希望各位國會議員也理解這種心情。魔法和槍或炸彈一樣能輕易取人性命。是否使用魔法也端看魔法師的心情決定，我們一般民眾對此無計可施。』

——不過以維持治安為首，魔法被利用在現代社會的各種場所。

『現代的社會生活不需要魔法。只要沒人用魔法做壞事，也不需要任用魔法師當警察。魔法是危險的力量，既然現代的科學技術無法禁止魔法的使用，魔法師和一般民眾為了彼此著想，應該住在不同的場所。』

——意思是政府應該設立魔法師專屬的居住區嗎？

『是的。一般民眾和魔法師住在同一座城市，對於一般民眾來說會成為強大的壓力來源，進而不會善待魔法師。這對於彼此來說都是一種不幸。』

——小西小姐，謝謝您。

接受無線電視台的訪問之後，小西回到教團的代表室，吩咐暫時不准任何人進入。

國會議事堂前面，示威隊伍和警隊持續發生衝突，但小西對後續發展沒興趣。警民衝突成為實況轉播新聞，她的團體成為茶餘飯後話題的時間點，目的就已經達成。再來只要等待訪問內容按照預定在晚間新聞播放。

在室內獨處的小西，拿起立在辦公桌上的平板裝置。

「那麼……要用誰呢？」

開啟團體成員的名冊，依序審視整理為一人一頁的資料。

「上次都是男性所以失敗……那麼這次試著使用只有女性的攻擊隊吧。要仔細『調整』。」

小西挑選五名年輕女性，命令祕書要她們晚點到研討室集合。

◇◇◇

帶有希到咖啡廳的小西教團成員——女大學生山野哈娜，在閒聊一小時之後終於進入正題。在冗長的閒話家常中，有希得知她是這附近大學的三年級學生。

「小夏為什麼討厭魔法？」

「因為……」

有希的躊躇只是裝出來的。她預定立刻說出預先準備的理由回答。

「以我的狀況……」

但在她開口之前，哈娜先說起自己的心情。

「果然是因為害怕吧。去年橫濱事變的紀錄影片，妳看過嗎？」

「沒有……」

有希搖頭回應，同時在內心納悶。去年秋天，大亞聯盟發動的橫濱侵略事件。當時的戰鬥因為包含許多軍事機密，所以戰鬥過程的影片肯定沒對外公開。

「會裡有，晚點放給妳看。前提是妳不怕看血腥場面。」

「……會血腥嗎？」

有希基於職業特性，看見肢解影片或焦屍照片都面不改色。不過依照有希的印象，一般女性大多不敢看。有希將這一點放在心上，裝出蹙眉的表情。

「嗯，血腥。活生生的人啊，砰～～的一聲爆炸，血噴得周圍都是。」

「…………」

但是聽到這段說明，她開始覺得不需要假裝了。

「還有，人的眼睛像是烤魚一樣慢慢變白混濁。啊，光是回想就開始不舒服了。」

哈娜一邊這麼說，一邊面不改色將聖代送入口中。

反倒是有希逐漸沒食慾。

「是沒錯啦，就算不是魔法師也會殺人，不過頂多是刺死或掐死吧？不會像那樣殺人吧？」

曾經和惡劣嗜好的驚悚殺人魔上演廝殺戲碼的有希，在內心說著「就錯了」否定哈娜。不過當然沒說出口或寫在臉上。

「雖然對不起那些使用魔法的人，但是能夠輕易毀掉人類的他們住在相同的城市令我發毛。要和這些人一起生活，我實在無法忍受。」

哈娜的雙眼昏暗發直。

看著她的眼神，有希心想：「應該不只這個原因吧。」

◇◇◇

最後有希同意「魔法師很恐怖」這個看法，得以被帶到「人本生活與社會促進協會」總部。

小西教團的總部在青山前往澀谷的途中，沿著青山通稍微往裡頭走的某處。

即使是副都心的一等地段，道路卻很窄，周圍都是矮房子。大概是沒列入再開發計畫，殘留著戰前（第三次世界大戰前）的街景。一棟華廈矗立在其中，窗戶極少，水泥牆外露。

（這裡就是敵方的大本營嗎？）

小西教團成立至今不到一年才對。前身應該是別的團體，自從小西成為代表（奪下代表的寶座）只經過六個多月。雖然沒面對大馬路又是中古屋齡，她卻在這短期間內在東京副都心擁有一棟大樓。如果不是有力人士在背後撐腰實在無法想像。

（哎，不過處理幕後黑手不是我的工作。）

有希在內心厚臉皮放話，表面上裝出有點提心吊膽，像是年輕女孩被帶到陌生場所時會表現的態度，仰望教團總部。

「放心，不是什麼惡質的新興宗教。」

哈娜笑著拉有希的手。

有希沒違抗，跟著哈娜穿過大門。

◇◇◇

「看來順利潛入了。」

有希潛入小西教團總部時，道路轉角有個人影注視她的身影。

雖然是打扮花俏的美麗少女，卻不知為何完全不引人注目。

存在感異常稀薄。

並不是看不見，不過即使她的身影映入眼簾，大多數的人也只把她當成風景的要素之一吧。別說事後想不起她的長相，即使是她位於該處的事實，肯定也幾乎沒人記得。

少女不是平常就像這樣不被注意，一般來說反倒顯眼。這是她——黑羽亞夜子蓄意這麼做，是她的魔法造成的。

亞夜子並非湊巧位於此處。她從國會議事堂前面就一直在跟蹤有希。不是預先和有希說好。有希沒察覺亞夜子跟蹤。有希絕對沒掉以輕心，但亞夜子的魔法技高一籌。

「不過，有點掃興。原本期待會帶我到祕密據點，卻是一般對外公開的總部。」

亞夜子不是輕聲自言自語。她的耳朵戴著通訊機——行動終端裝置的語音通訊元件，線路和文彌連接。

「別入侵吧。我想應該不難入侵，不過聽完有希的報告再行動也不遲。對吧？」

亞夜子瞬間看向吞入有希的大門，背對教團總部大樓。

「嗯，我今天就此回去。那麼，飯店見。」

一邊走一邊說話的亞夜子，就這麼戴著通訊機關機。

◇ ◇ ◇

「哎呀，哈娜小姐。這位是？」

進門旁邊的透明隔間是事務室，開了一個長方形的小窗口。哈娜帶有希進來時，裡面一名不到四十歲的女性向她搭話。

「她是夏小姐。她好像對我們的活動感興趣，所以我帶她來參觀。」

「這樣啊。」

事務室的女性雖然繼續坐著，卻向有希露出親切的笑容。

有希脫下棒球帽鞠躬致意。

「請慢慢參觀喔。如果哪裡不懂請不用客氣，儘管問哈娜小姐或是我們。」

窗口女性說完，坐在她後方年紀差不多的男性接著說。

「代表在房間，說不定可以聽她說幾句話。」

「那太好了！」

哈娜發出愉快的聲音。

「小夏，我們立刻過去吧。」

有希企圖潛入教團，是為了查出教祖洗腦的祕密。能見到小西是求之不得，但是剛潛入就接觸目標對象，再怎麼說也進展太快了。

「那個，突然拜訪不會造成困擾嗎？」

有希個人希望先逛建築物內部一圈，確認逃走路線再說。

「不會突然喔，因為要先去祕書那裡。如果不方便，祕書會代為告知，所以不用擔心。」

但是哈娜沒聽進去，牽起有希拉著走。

不得已，有希跟在她身後。

「哈娜小姐。」

「嗯？什麼事？」

為了盡量爭取時間作好心理準備，有希擠出這個無關痛癢的問題。因為在交談的時候，腳步無論如何都會放慢。

「剛才不是用姓氏，是用名字叫妳耶。」

「大家都這樣喔。」

「大家？」

不過這個疑問沒能爭取到時間。

「會裡基本上不用全名。這是個人情報對策。」

「在組織裡嗎？」

「反對和使用魔法的人共存，就某種意義來說不就是違抗政府的方針嗎？民間企業之類的就算了，要是被公所找碴很不好受，所以要盡量難以讓人辨識身分。」

「可是哈娜小姐，妳對我……」

不就是以全名自我介紹嗎？有希的這個疑問自然脫口而出。還是說「山野」是假名？有希自己是謊報名字，但她感覺不出哈娜在說謊。這讓有希感到混亂。

「啊哈哈，沒關係沒關係。畢竟是我邀妳過來的。而且……」

「……而且？」

「妳救了莉子對吧？當時要是繼續那樣下去，我真的覺得會很嚴重。莉子不是我的死黨，但姑且是朋友，要是對朋友見死不救，我想我這輩子都會睡不好。」

——是這麼一回事嗎？

有希抱持質疑態度。說到和她交情最好的人就是鱷塚，但她確信自己依照狀況應該會輕易拋棄鱷塚。有自信不會因而猶豫不決。即使反過來被鱷塚拋棄，有希也覺得自己應該不會過於懷恨在心。

點頭之交因為意外而喪命，而且不是自己害的，自己卻因而後悔一輩子，有希無法理解這種心理，甚至覺得荒唐……只不過，內心一角也隱約覺得「羨慕」。

「——沒變成這樣都是多虧妳，所以我覺得應該以自己真正的名字道謝……啊，是這間。」

哈娜停在一扇門前。比起一路上看見的其他房間，唯一的差異就是門上寫著「代表室」。

「打擾了～～」

並不是透過對講機說話，裡面應該聽不到。哈娜大概只是心情上打個招呼，按下電動拉門的開關。

沒上鎖。薄薄的門輕易開啟。

（真普通。這扇門甚至沒隔音功能。）

有希覺得掃興。

後方還有一扇門，一名年長女性坐在門前的辦公桌打字。這名女性大概是小西的祕書吧。

「哎呀，哈娜小姐。這位是？」

祕書抬起頭，說出和門口女事務員完全相同的話語詢問。

「來參觀的夏小姐。我想讓她見代表一面。」

對方年紀比較大，而且地位是代表的祕書，哈娜的遣詞用句卻沒大沒小，連有希都覺得不以為然，但祕書看起來沒有壞了心情。說不定這個教團內部不太在意階級秩序。有希這麼心想。

「哎呀，這樣啊。」

祕書的容貌真要說的話給人嚴厲的感覺，卻露出顛覆這層印象的親切笑容。

「是夏小姐對吧？歡迎來到『人本生活與社會促進協會』。請稍等，我問代表是否方便。」

祕書拿起復古的話筒，輕聲說起話來。

「……好的，知道了。」

她放下話筒，朝哈娜與有希投以甜美的笑容。

「代表說可以見面。請進。」

「祕書小姐，謝謝妳。小夏，走吧。」

哈娜拉著牽到現在的有希，走向後方的門。

「那個，謝謝您。」

有希向祕書微微鞠躬致意，從她前方經過。

◇◇◇

『哈娜小姐帶人來參觀，希望能見代表一面，您意下如何？』

「讓他們進來。」

對於祕書的詢問，小西幾乎是立刻答應。

參觀者原本就盡是對魔法有反感或厭惡感的人，所以大部分都是直接入會。若是見過小西，幾乎百分之百會成為新會員——也就是信徒。所以她只要時間方便都會直接招呼參觀者。

而且山野哈娜是挑選派去刺殺司波達也的五名刺客之一。雖然不到必須討好的程度，卻不能過於隨便應付。

小西遙控打開門鎖。

門把幾乎在同一時間轉動，門隨著「打擾了」的聲音開啟。

入內的是山野哈娜，以及身高約一五〇公分，拿著棒球帽的少女。

推測約十五歲的少女，使得小西一瞬間不禁睜大雙眼。

她立刻露出親切笑容，對有希說聲「歡迎妳」。

小西在這張笑容底下感到極度驚訝，忍著不放聲歡呼。

小西對這名少女沒印象。

但是小西知道，她不是普通女孩。

雖然巧妙隱藏，但少女釋放的氣息，和以前在無頭龍見過的武門專家一樣。

「哈娜小姐，妳辛苦了。我晚點也有話要跟妳說，可以在研討室等我一下嗎？」

「好的。可是……」

「我想親自向夏小姐說明我們的會。」

「……知道了。」

哈娜稍顯猶豫，小西藏起不耐煩的心情看著她。

「小夏，我先離開。如果時間配合得上，晚點見。」

小西壓抑急切的內心目送哈娜離開房間，以「終於……」的心情朝有希露出笑容。

「坐著聊吧。可以請妳過來嗎？」

小西打開不同於出入口，看起來只像牆壁的另一扇門，邀有希進入只能從這個房間進出的會客室。

◇　◇　◇

（這傢伙就是小西嗎……）

面對第一次直接見面的目標對象，有希在戒心湧現的同時暗自呢喃。

表面上是普通的「阿姨」。雖然儀容整潔，但卸妝之後肯定連「姑且算是美女」都稱不上。

然而，她的「眼睛」非同小可。

剛才小西看著她，像是察覺什麼般睜大雙眼，立刻以親切笑容的面具隱藏起來。

刺激有希直覺的，不是這種老掉牙的演技。

小西的目光非比尋常。

（邪眼或魔眼之類的嗎……？）

只以視線就陷人於不幸。感覺透過小西，看得見她背後有著這樣的魔女身影。

小西趕走哈娜（有希早就知道小西嫌哈娜礙事）之後，說著「坐著聊吧」，操作辦公桌上的遙控器。

左側牆壁的某部分發出細微聲音迅速平移。

是暗門。

（完全看不出來……）

如果有希是外行人，應該只會眼神閃亮心想「好厲害」吧。

但有希是職業殺手。這個機關只可能是非法用途，她無法單純稱讚。

小西帶領有希進入隱藏的房間。

有希內心高聲響起「不能進去那個房間」的警報聲。

但她無視於自己的直覺，跟在小西身後——事後回想起來，有希應該在這個時間點就中了小西的道。

和沒擺什麼物品的代表室截然不同，可以稱為祕密會客室的這個房間披著古色古香的氣息。

牆上是古董的鐘擺時鐘。

燈光是黃光的間接照明。

椅子不是長沙發，是鋪坐墊的搖椅。

圓桌是桃花心木的厚重色調。

地上鋪著長毛地毯。

是令人不禁聯想到黃昏時分的房間。

小西坐好之後，邀有希坐在椅子上。

有希坐在小西的正對面。

搖椅輕輕搖動。不過坐起來比想像的還要穩定。椅面是木製的，多虧坐墊所以不覺得硬。沒有窗戶的這個房間，外部的光線與聲音都進不來。

安靜的空間。

隱約聽得到鐘擺擺動的規律聲音。

——滴，答，滴，答。

大概是因為過於安靜，所以時鐘的聲音縈繞在耳際。

——滴，答，滴，答。

然而不知為何，不會覺得礙耳。

「請用。」

小西上半身前傾，將茶杯放在有希面前。

杯裡飄出濃烈的香氣。

「是花草茶嗎？」

「是的。因為我不太喝含咖啡因飲料。不喜歡的話，我準備別的飲料吧。」

「不，我會喝。」

「這樣啊，太好了。」

有希對毒物幾乎擁有完美的抗性。即使是號稱無味無臭的藥物，有希經由身體強化變得敏銳的嗅覺也大致聞得出來。

有希悄悄發動自己的異能，以這個狀態將臉湊向花草茶。冒出的蒸氣裡，沒有她所知的藥物味道。

小西與有希同時拿起茶杯喝茶，同時將茶杯放回桌面。

不經意覺得精神正在放鬆。敵人當前這麼做不是好事，但在感覺不到危險進逼的狀況，要提高緊張感並不容易。

「重新歡迎妳來到『人本生活與社會促進協會』。」

小西注視有希的雙眼。

有希無來由地認為移開目光很失禮。

「那個，我只是來參觀的，還沒決定入會……而且我還要工作，不像學生抽得出時間。」

「我知道。我不會強迫妳入會。因為我們不是這種團體。」

「……不好意思。」

有希的話語與態度都只是裝出來的。但是不知為何，有希內心開始對小西感到愧疚，覺得過意不去。

有希想低頭，但這個動作以不完整的形式結束。

她無法從小西的視線移開雙眼。

——滴，答，滴，答。

規律的鐘擺聲。確實傳入耳中的這個聲音，有希無法不去注意。

有希在連自己都沒察覺的時候，開始配合這個節奏微微搖動椅子。

「沒關係。光是妳感興趣，我就很開心了。」

小西將花草茶送入口中。

有希也像是照做般，拿起茶杯喝茶。

小西拿起茶壺，為有希放回桌上的茶杯補充花草茶。

花草的香氣擴散到室內。

「我們這個協會，世間稱為『反魔法主義團體』。」

有希就這麼和小西四目相對，點了點頭。

「確實，我不否認在某方面想限制魔法師的權利。但是對於沒有魔法的普通人來說，魔法和槍或炸彈一樣恐怖。」

有希不發一語，也沒附和。

「市民禁止持有槍枝。因為對於市民來說很危險，所以持有槍枝的權利受到限制。禁止危險物品。這是從以前就理所當然進行的管制。」

——汽車使用不當會成為凶器，卻沒從社會排除。

這種想法浮現在意識，但有希不知道是否能拿來反駁。

「魔法造成人們的威脅，必須禁止使用，這是市民理所當然的情感。魔法不是也應該和槍枝一樣禁止嗎？」

有希默默點頭。但她沒察覺自己點了頭。

「不過，魔法師不會和魔法切割。現在的技術沒辦法完全禁止魔法。」

有希所坐的搖椅，搖動力道愈來愈小。

「所以為了創造出市民不必畏懼魔法的社會，只能另外設立魔法師的居住區域分開居住。」

「…………」

「要讓魔法師從我們居住的城鎮消失。」

有希的椅子靜止。

「必須讓魔法師消失。」

「讓魔法師……消失……」

「沒錯。要除掉魔法師。」

「除掉……魔法師……」

有希以毫無起伏的語氣複誦小西的話語。

自主意志的光芒，從有希的雙眼消失。

相對的，小西的雙眼如今洋溢藏不住的詭異光芒。

邪眼。以視線操作對方意識的異能。

可惜她的這個能力不上不下。必須併用催眠術的手法，否則無法奪走對方的意志。所以她不是ＢＳ魔法師，甚至不被認定是先天性的特異魔法技能者。

沒被認同是魔法師的一員。

然而小西的異能不是以擁有催眠效果的閃爍光譜投射到對方網膜的魔法，不是這種假的「邪眼」，是以視線為媒介影響對方意識的真正邪眼。

有希一直充分提高警覺。

然而昏暗的房間、規律的聲音、引人入睡般搖動的椅子、放鬆緊張的香氣，周到的舞台裝置將有希拖入其中，使她中了小西的計。

被小西的邪眼吞噬。

「『夏』這個名字應該是假的吧。」

小西收起親切的笑容，以主人質詢僕人的語氣詢問有希。

「本名跟職業是？」

「榛有希。職業是殺手。」

「經驗大約多久？」

「職業殺手的資歷是五年。」

小西嘴唇浮現邪惡的笑。

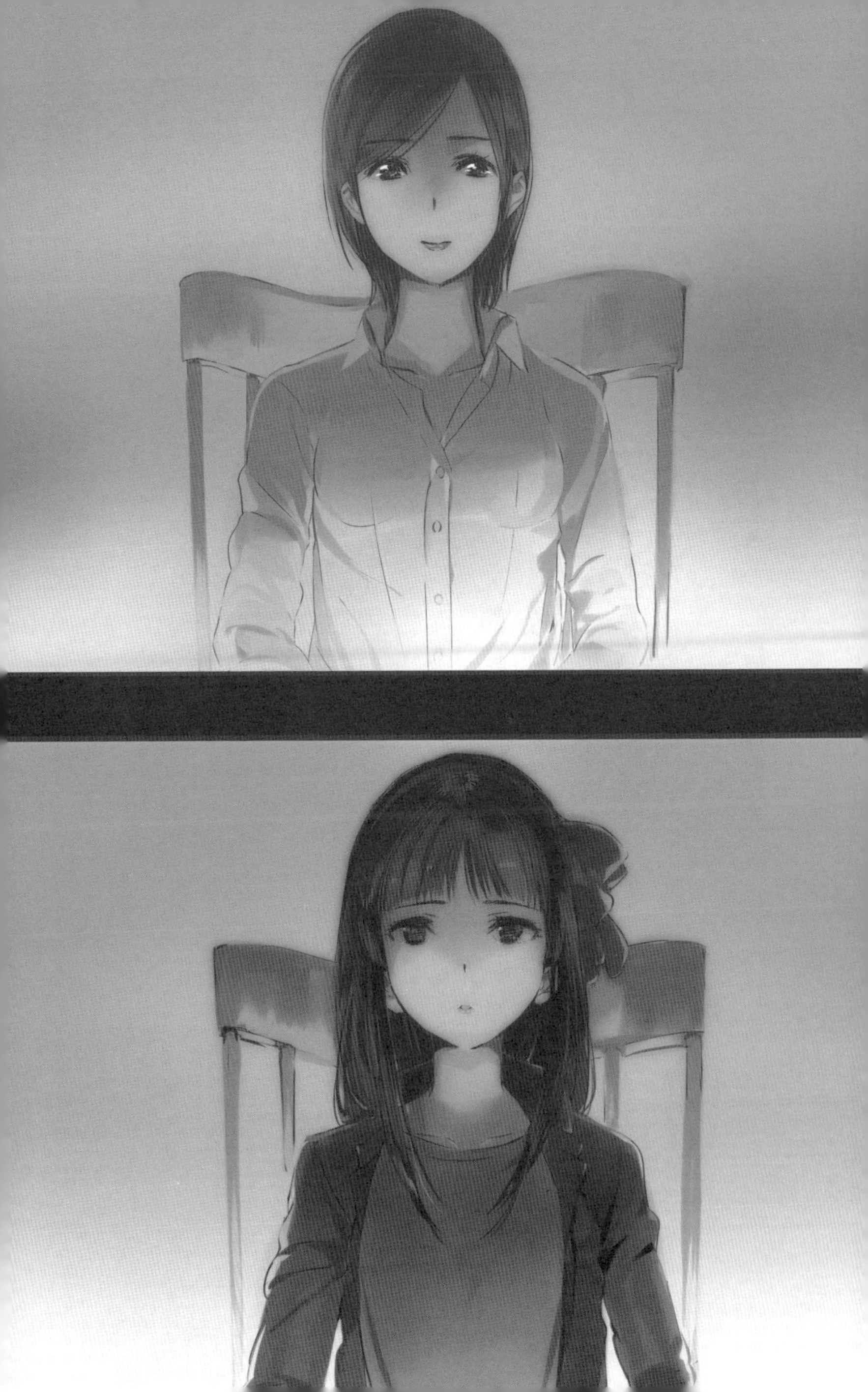

〔8〕

「我回來了。」

「姊姊，歡迎回來。真晚耶。」

如文彌所說，亞夜子回到飯店的時間接近傍晚。

「亞夜子大人，歡迎您回來。」

「哎呀，黑川先生，你也在啊。」

「姊姊遲遲沒回來，所以我們在研擬今晚的計畫。剛才在做什麼？」

對於文彌的詢問，亞夜子只是笑了幾聲，沒有回答。

「……哎，算了。」

光是這個反應，文彌就猜想「應該是去逛街了」，但他不想嘮叨。

這次的工作是文彌帶給四葉家當家的，當家真夜指名實行作戰的有希是文彌的部下。亞夜子原本和這個案子無關。

亞夜子來東京是陪文彌過來。就算稍微摸魚也沒道理責備。

「所以，今晚的計畫是？」

亞夜子也沒有愧疚的樣子。這個問題不是用來轉移話題，是純粹感到疑問。

「今晚不是決定要襲擊教團的武器庫嗎？」

依照離開飯店前的討論，肯定是這麼預定的。

「這部分沒變更喔。」

「那麼，是變更時間？」

「亞夜子大人。」

亞夜子與文彌問答到一半，黑川從旁插嘴。

「什麼事？」

「今晚的作戰，這邊打算只由文彌大人與我們進行。」

「哎呀，排擠我？」

亞夜子臉上沒有怒色，表情反倒像是在看好戲。這張微笑很像她的表姑（父親的表姊）四葉真夜。

「老實說，亞夜子大人的魔法太方便了。要是和亞夜子大人在一起，文彌大人的潛入技能不會進步。」

「哎呀，看來真的把我當成礙事鬼了。」

亞夜子收起笑容睜大雙眼。

「小的不敢說您礙事。只是今晚的工作不到我們必須認真處理的程度，也無須勞煩亞夜子大人出手。」

黑川始終以正經八百的態度回答。

「這樣啊……我沒差就是了。畢竟這次原本就是文彌的任務。」

雖然不到鬧彆扭的程度，但亞夜子看來不高興到差點賭氣。

「不過想請姊姊去看看有希與奈穗的狀況。」

至少文彌感覺姊姊壞了心情，連忙改變話題。

「去看有希與奈穗？」

「我想知道有希潛入小西教團的結果，而且奈穗先前才第一次正式體驗。其實應該由我去，但我認為奈穗那邊由同性打聽比較好。」

「居然說正式體驗，文彌，你這說法……」

亞夜子像是瞧不起般斜眼瞪過來。

「這是誤會！我沒那個意思！」

文彌看來也立刻知道是什麼意思，臉紅大喊。

亞夜子頓時噗嗤笑了出來。

文彌板著臉注視捂嘴發笑的姊姊。

「……好啦。我幫你去有希與奈穗那邊。」

亞夜子一邊單手作勢擦著眼角（實際上沒有泛淚）一邊回應。

「只不過，文彌……」

亞夜子的語氣突然變得嚴肅。

「什麼事？」

文彌臉上也成為相應的表情。

「千萬不能大意喔。因為看起來再簡單的工作，都不是能重新來過的訓練。」

「——我知道。我不會鬆懈的。」

文彌沒害羞，收下姊姊的這份關懷。

◇◇◇

有希上午外出，奈穗閒著沒事做。

有希的住處不大。奈穗是能有效運用家庭自動化系統的高科技型侍女，如果是標準的三房兩廳。她半天就能完成打掃、洗衣、做飯等所有家事。

（乾脆去「工作」會比較好嗎？）

不用說，奈穗思考的「工作」可不是家事代勞服務。是殺手的工作。

（不過，上次的工作到今天是第四天。間隔再久一點可能比較好。而且……）

——老實說，殺人還是很不舒服。

奈穗剛好在思考這種事的時候，告知訪客的鈴聲響了。

「您好，請問哪位……亞夜子大人？請稍候！」

奈穗從大門對講機認出亞夜子之後解除自動鎖，急忙趕往玄關。

「請問……要喝咖啡還是紅茶？」

「謝謝。那麼，麻煩給我奶茶。」

「遵命！」

奈穗真的就這麼一副緊張地從飯廳走進廚房。

話是這麼說，但屋內很小，飯廳與廚房只以吧檯與吊櫃區隔，從飯廳或廚房都看得見彼此。奈穗感受著亞夜子的視線，拚命動著緊繃的手。

奈穗與亞夜子過去不曾直接交談。對於亞夜子來說，她是第一次見到奈穗。

不過奈穗曾經單方面看過亞夜子。

四葉分家之一——黑羽家的長女。十五歲就在家族擁有頂尖實力的優秀魔法師。四葉本家的幫傭之間傳聞她是「當家大人的寵兒」。

最接近下任當家寶座的是現任當家的姪女「深雪大人」。

不過，現任當家最疼愛的是「亞夜子大人」。

在本家工作的幫傭們是這麼認知的。

別說交談，奈穗甚至不曾以侍女身分服務亞夜子，不知道她的為人。

在本家聽不到亞夜子的負面傳聞。但實際上不得而知。

如果服侍亞夜子出了差錯，傳到「當家大人」的耳裡……

奈穗身為調整體曾經落第一次。現在是所謂的緩刑期間。當家心血來潮就可能「廢棄」她。奈穗知道自己處於這種立場。

絕對不能犯錯害得亞夜子與「當家大人」壞了心情。奈穗囚禁在這種悲壯又卑微的緊張感。

「請用。」

奈穗好不容易避免雙手與聲音顫抖，將奶茶端給亞夜子。

亞夜子以優雅動作拿起杯子移到嘴邊。

她露出「還可以」的表情，將杯子放回桌上。

總之沒被挑毛病，奈穗在心中鬆了口氣。

「奈穗妹妹。」

「啊，有。」

不過，亞夜子親切加上「妹妹」叫她的名字，是出乎預料的冷箭。

奈穗不由得挺直背脊。

「在這裡的工作，怎麼樣？」

奈穗內心產生疑慮。

──這個問題，是在擔心我？

──還是說，這是測試的一環？

「是，屬下備受照顧。」

奈穗暫且注意使用無礙的話語回應。

「有希小姐有點懶散，但反而刺激我這個侍女的勞動意願。」

只以一句話回應可能會被覺得冷漠，所以奈穗拿有希開個小玩笑。

「哎呀！」

看到亞夜子笑逐顏開，奈穗心想「幸好沒冷場！」感到安心。

玩笑話確實姑且奏效。或許只是給個面子，但亞夜子露出笑容。
不過，現在安心有點早。
「太好了。所以，另一邊呢？」
奈穗表情緊繃。因為剛才解除緊張，所以精神防壁沒發揮作用。
「關於殺人，妳承受得了嗎？能繼續當殺手嗎？」
逞強與故作平靜的技能沒運作，亞夜子的話語刺中奈穗裸露的心。
「……沒問題。」
奈穗伸出雙手，緊捏圍裙的裙襬附近。她自己沒察覺這個動作。
坐在椅子上的亞夜子，仰望站著的奈穗。
亞夜子以眼神詢問「真的嗎？」再次確認。奈穗是這麼感覺的。
「沒問題。能繼續。」
奈穗以像是說給自己聽的語氣補充這句話。
「奈穗妹妹，可以暫時陪我喝茶嗎？」
亞夜子沒移開視線，也沒嘆息，無緣無故這麼說。
「啊？」
奈穗沒立刻聽懂她的要求。

「……啊，好的。」

但她數秒就察覺亞夜子在邀她一起喝茶。

「屬下去準備。」

奈穗說完再度窩進廚房。

除了自己要喝的奶茶，奈穗還泡了一壺無糖紅茶，和奶精、方糖與先前烤給有希當點心的餅乾一起放在托盤端回飯廳。

物品連同托盤一放在桌上，亞夜子立刻朝餅乾伸手。

「哎呀，沒我想像的那麼甜。」

知道有希嗜吃甜食才說得出這個感想。

「有希小姐會在餅乾抹果醬。」

「這……」

奈穗的補充說明，使得亞夜子露出傻眼表情。

我能體會妳的心情。奈穗心想。

內心因而輕鬆了些。

奈穗將自己的杯子拿到嘴邊緩緩傾斜。

奶茶恰到好處的甜味，稍微平復她的心情。

亞夜子露出像是哄小孩的笑容，看著奈穗的變化。

「奈穗妹妹。」

「是。」

奈穗放下杯子，端正坐姿。

亞夜子笑著對奈穗說「不必拘謹」。

「難得有這個機會，我們一邊享受茶水一邊聊聊吧？」

「不敢當。」

奈穗放鬆過於用力的肩膀。但是姿勢不變。

亞夜子也沒有繼續將時間花在開場白。

「四葉家需要能戰鬥的魔法師。」

「屬下明白。」

「諜報員依然不夠，從事非法工作的魔法師，當家大人也想繼續充實戰力。」

「是。」

「但同時也不想浪費寶貴的魔法天分。」

奈穗頭上浮出問號。

亞夜子知道奈穗應該聽不懂。

「意思是說，不想把不適合妳的工作塞給妳，害妳白死。」

「…………」

「這裡說的『不適合』，包括能力與個性兩方面。」

「我……」

「難道說，妳以為沒能成為暗殺者就會被除掉？沒那種事。四葉家很寵自己人喔。」

奈穗低下頭，對亞夜子藏起表情。兩耳旁邊垂下的兩條辮子碰觸桌面。

「……我有幸能被列為自己人嗎？」

奈穗的聲音有點顫抖。

「當然。」

亞夜子立刻回應。因為是真心話？還是因為只是嘴上說說，所以不需要思考的時間？奈穗不知道答案。她覺得兩者都有可能。

不過，即使只是口頭約定，也成為奈穗吐露心聲的契機。

「因為，我是不良品。」

亞夜子沒有慌張插嘴。

「我以為要是派不上用場……要是沒有利用價值，就會被處分。」

「為什麼認為自己沒有價值？」

「因為我明明是『櫻系列』，卻無法好好使用魔法護盾。」
「可是奈穗妹妹，聽說妳能漂亮使用魔法。」
「我能使用魔法。可是……」
「奈穗妹妹，看著我。」
奈穗就這麼低著頭，亞夜子催她抬起頭。
奈穗戰戰兢兢聽話照做。
「奈穗妹妹，記得妳擅長中距離的狙擊吧？」
「是的……我不擅長讓魔法作用於大型物體……」
「但妳能使用魔法吧？既然這樣，妳就有價值。」
「可是，射程距離只有一百公尺的狙擊魔法，除了暗殺沒有利用價值……」
「即使沒有利用價值，也有別的價值。對於魔法師來說，能使用魔法的這個事實才重要。而且魔法是道具，今後要找多少用途都找得到。」
「是這樣……嗎？」
「嗯。所以說出真心話給我聽吧？妳覺得自己能繼續當暗殺者嗎？」
奈穗遲遲說不出答案。只不過，她也沒從亞夜子身上移開視線。
亞夜子沒急著問出答案。也沒以視線催促她回答。

她拿起茶杯，喝一小口奶茶。

這個動作重複第三次的時候，奈穗的聲音傳到亞夜子的耳裡。

「目前……」

亞夜子將杯子放回桌上，和奈穗四目相對。

「還能繼續。」

「『目前』『還能』是吧。」

亞夜子低語的同時，假除自動鎖的鈴聲響起。

「有希小姐好像回來了。後續等妳解決現在的工作再說吧。」

「遵命。」

奈穗就這麼坐著簡單行禮回應。

◇　◇　◇

小西的邪眼，對有希植入四個暗示。

——必須殺掉魔法師。

——必須殺掉司波達也。

——明天也要去找小西。

——不得想起小西命令的內容。

具體的指令還沒給。為了讓洗腦確實生效，小西會間隔一段時間再以邪眼進行暗示，至少重複三次。在洗腦完畢之前，讓對方過著一如往常的生活，以免家人或周圍的人們起疑。

這顯示小西行事謹慎，同時也顯示她的能力極限。只使用一次邪眼無法完全支配內心。沒達到能當成「魔法」使用的水準。她自己避免意識到這一點，但這成為她對魔法師的自卑感，轉化為對於魔法師的敵意——也就是殺意。

小西的邪眼確實不是假的。不是以操作光線的魔法重現，而是真正干涉精神的異能。不過從暗示的完整性來看，這個異能的威力不如冒牌魔法。

如果只進行一次，暗示無法發揮完整效果。由此看來不算是魔法。

「歡迎回來。」

「嗯。」

有希回應的同時，注意到玄關擺著沒看過的鞋子。

（誰來了？）

有希是專業暗殺者。對於不速之客的戒心比一般人強。

她到飯廳露面。

「打擾了。」

亞夜子就這麼坐著打招呼。

（這傢伙是誰？）

感覺在某處見過。有希心想。

（——這傢伙……是誰？）

身為暗殺者的個性，不允許有希以「感覺在某處見過」作結。

有希讓記性全力運作。

試著回想面前的少女是誰。

回想。

回想。

（……想起來了。這傢伙是黑羽亞夜子。）

（文彌的姊姊，黑羽的魔法師。）

（這傢伙是魔法師。）

（奈穗也是魔法師。）

記憶連鎖甦醒。

（——必須除掉魔法師。）

沒有完整封鎖的暗示甦醒。

（——魔法師，要除掉！）

「奈穗！」

幾乎在亞夜子大喊的同時，奈穗主動倒臥。

銀光掃過奈穗身體剛才所在的場所。

奈穗千鈞一髮躲過有希的刀子。

亞夜子將茶杯扔向有希。

有希輕鬆躲開。

亞夜子趁機將右手伸向左手腕的ＣＡＤ。

有希猛踹飯廳椅子。

椅子撞到桌子，桌子移向亞夜子。

亞夜子躲開桌子起身。

ＣＡＤ的操作中斷。

有希跳過桌子。

面對來襲的有希，亞夜子飛撲到地上逃離。

亞夜子在堪稱一瞬間的滯空時間操作ＣＡＤ。

抱住依然倒地的奈穗，發動魔法。

疑似瞬間移動。

這個魔法無法穿透障礙物。

亞夜子和奈穗一起移動到沒關上門的飯廳入口。

只是這種短距離移動。

但是不帶預備動作的瞬間移動，對於有希有出其不意的效果。

亞夜子發動下一個魔法。

椅子飛上半空中，直接命中有希。

「奈穗，我們逃吧！」

「是！」

奈穗也知道，那種程度的攻擊不會讓有希罷休。

她沒問亞夜子為什麼不以魔法追擊。

魔法不是萬能。距離太近的話，身體動作也可能比魔法快。

無須亞夜子說明，奈穗也知道這一點。

亞夜子像是踩踏般穿上鞋子。

奈穗拿起放在玄關的折疊傘，套上無跟涼鞋跟著亞夜子走。

來到走廊的亞夜子不是前往電梯廳，而是走逃生梯。

奈穗也能理解這個選擇。電梯不一定立刻就到。

「亞夜子大人，為什麼上樓？」

但是亞夜子沒下樓而是上樓，奈穗不知道原因。繼續上樓會到樓頂，是死路。

「樓頂比較不會被人看見。」

「知道了。」

看來亞夜子不是單純逃走，是想打一場。奈穗是這麼解釋的。

腳步聲從背後逼近。

在回答的這段時間，兩人上樓速度也沒有變慢。亞夜子與奈穗都沒氣喘吁吁。

「已經追過來了。」

所以這純粹是身體能力的差距。

聽到亞夜子的低語，奈穗一邊跑，一邊伸長傘柄。

「若取此信，認吾已逝。梓弓張弦永不歸，路草之露。」

在傘柄伸長的同時詠唱關鍵字。南北朝時代的護國諸侯——山名氏清的辭世詩。

刻在奈穗記憶領域的啟動式被呼叫出來，讀入她的魔法演算領域。

奈穗停下腳步，沒開傘，以傘頭朝向有希。不，應該安裝傘頭的位置沒有東西，傘柄的空洞露出她的臉。

折疊傘的前端，射出以魔法護盾包覆的水滴。

水滴子彈淺淺劃過有希的腿，染紅逃生梯的牆面。

「不好意思，沒射中！」

奈穗再度開始上樓，同時向亞夜子道歉。

「不，做得很好！」

亞夜子在高她半層樓的位置回應。有希傷得不深卻失去平衡，不知道是衝擊還是疼痛使然。

亞夜子沒放慢腳步。奈穗使盡力氣加速追上她。

「剛才是閃憶演算？」

「是的。」

閃憶演算。運用洗腦技術將啟動式當成影像記憶刻在記憶領域，不是從ＣＡＤ讀取啟動式，而是從記憶領域讀取，藉以省略讀取與展開啟動式的時間。是四葉家的機密技術。

奈穗以歷史武將的辭世詩當成關鍵字，所以沒有縮短時間的優點。這麼做比較重視隱密性，防止日常生活一時想到就不小心觸發閃憶演算。

一般人分辨魔法師的最簡單著眼點，是看對方是否持有ＣＡＤ。

市區監視器的感應元件，隨時偵測魔法師下意識所釋放，未達發動強度的魔法。不攜帶ＣＡＤ，深鎖魔法避免不小心觸發的奈穗，是以徹底隱瞞魔法師身分的方針培育出來的魔法師。

多虧奈穗爭取到這段時間，兩人比友希先抵達樓頂。

跑到和逃生梯反方向的圍欄邊，等待有希。

有希出現在樓頂。

腿上的傷還在滴血，但她臉上沒有覺得疼痛的表情。

眼神只蘊含沒有自我意志的殺意。

只是腿傷好像造成影響，有希一步步接近亞夜子與奈穗。

亞夜子將奈穗保護在背後，操作左手腕的ＣＡＤ。

同時，有希重心移到沒受傷的那條腿，壓低身體。

亞夜子朝有希揮出右手。

有希以單腳跳躍。

亞夜子所穿外套的右袖口，噴散出像是黑色碎布的物體。

不對，不是碎布。

是黑色羽毛。

有希試著以單腳跳躍十公尺的距離。

羽毛暴風雪以肉眼看不見的速度飛舞，在空中迎擊有希！

有希的跳躍失去力道。

她的身體落在距離亞夜子兩公尺的位置。

黑色羽毛飄落。羽毛只有顏色是黑的，本身和坐墊或枕頭充填的普通羽毛沒有兩樣。

羽毛暴風雪使用的手法是疑似瞬間移動。高速射出預先中和慣性的大量羽毛，在即將接觸目標對象時，將慣性中和逆轉為慣性增幅。

增強慣性的羽毛維持柔軟度甩向目標，造成沉重打擊。敵方像是被許多小鞭子鞭打般受創。

不擅長攻擊型魔法的亞夜子，用來阻止敵人接近她造成威脅的王牌魔法。

「輕羽連鞭」。

不一定要羽毛，碎布或紙片也能造成相同效果。亞夜子喜歡使用羽毛虛張聲勢，讓敵人胡思亂想。因為敵人看到黑色羽毛在周圍飄散的樣子，會擅自聯想到咒術之類的法術。

實際上，有希在疼痛呻吟的同時，被纏附在身上的羽毛奪走注意力。

「奈穗，要飛了喔。」

亞夜子說著環抱奈穗的腰。

「咦？」

亞夜子沒對困惑的奈穗說明。她省去說明的時間，發動魔法。

疑似瞬間移動。

在不到一秒的時間內，兩人的身體經由大樓上空，移動到數百公尺遠的另一棟大樓樓頂。

◇　◇　◇

有希注視亞夜子與奈穗消失的空間數秒，然後板著臉站起來。

亞夜子以「輕羽連鞭」造成的傷害還沒消退，但是骨頭沒有異常。被奈穗魔法劃傷的腿也已經止血。

有希發動身體強化時，身體為了承受強化後的威力，皮膚與骨骼也提升強度。雖然不像超人強悍到能反彈鉛彈或是從高處墜樓也不怕，但是剛才之所以免於骨折或是腿部受重傷，都是這個異能的附屬作用。

只不過，她的異能始終是強化肉體，沒有提升精神抵抗力的效果。她依然處於小西邪眼的影響之下。

（除掉魔法師。）

（殺掉魔法師。）

不過這裡沒有魔法師了。

（殺掉魔法師。）

（殺掉司波達也。）

有希暫且回到自己的房間。

即使保有治療腿傷與換衣服的判斷力，「接下來要怎麼做」與「要以什麼為目的」的意志依然受到束縛。

〔9〕

現在這個季節，日照時間比較長。櫻井水波仰望將近下午七點才終於變暗的天空，關閉司波家各處的窗簾與捲窗。

就讀第一高中一年級，住在這個家的侍女水波，比起依賴機械更想要親手做事。窗戶的窗簾或捲門都只要在客廳按個按鍵就能開關，但水波專程走到窗戶前面，以手動開關拉下捲窗或關上窗簾。

為了拉下二樓走廊捲窗而走到窗邊時，她察覺危險的氣息。

水波按下捲窗的關閉按鍵之後，輕敲達也房門。

達也立刻走出房間。不只是達也，深雪也從隔壁房間露臉。

釋放攻擊性氣息的可疑人物正在接近。對於水波這個報告，達也只回答一句「我知道」。

◇ ◇ ◇

兩年前，有希曾經試著暗殺司波達也。她還記得當時調查的達也住家位置。

有希平常都是搭鱷塚駕駛的自動車移動，但這次她選擇搭乘廂型電車到最近的車站，再從車站徒步前往。

她停下腳步，以行動終端裝置的地圖確認現在位置。她記得場所，卻是第一次以自己的雙腳走到住家門前。

隨著接近司波家的房子，雙腿愈來愈沉重，有希對此感到疑惑。奈穗魔法造成的腿傷，沒有嚴重到妨礙步行。從車站走到這裡還不到二十分鐘，也不是會走到累的距離。

被人以暗示束縛內心的有希，沒察覺自己受困於出自本能的恐懼。

距離司波家只剩三個區塊，有希在穿越十字路口之後暫時停下腳步。如今她無法忽視身體發生的異常。

不只是腳不聽使喚，心跳加速，手心冒出冷汗。

如果有希的精神狀況正常，應該可以理解到自己正在感到恐懼。

但是現在的她甚至無法自覺這一點。

即使能停下腳步，也無法回頭。

（殺掉魔法師。）

（殺掉司波達也。）

以不完整形式顯現的小西暗示，成為強迫觀念束縛有希。

植入內心的意志命令有希的身體前進。

停下的腳步再度向前沒多久，目標對象住家的玄關大門打開了。

屋內走出一個高瘦的人影。

有希身體一顫。

看見要殺的目標對象，有希再度停下腳步。

她的身體再也不遵從外人給予的虛假意志。

司波達也從簡易的外門走出來。

兩個嬌小的人影跟在他身後。一人是達也的妹妹。

雖說「嬌小」，卻比有希高。雖然得再接近一點才知道，但那個妹妹應該比有希高十公分。

三人由達也帶頭，接近有希。

沒能自覺的恐懼，使得有希的身體不敢前進。

植入內心的暗示，使得有希的身體無法後退。

（動啊。快動！動起來啊！）

有希全力命令自己的手腳。

達也在有希前方停下腳步。

只要再踏一步伸出手，就能摸到對方的距離。

有希的腳動不了。

但她的手擺脫了束縛。

有希的右手移到外套底下，從藏在腰後的刀鞘抽出戰鬥刀。

僵住的腿也隨著自然改變位置，擺出戰鬥姿勢。滲遍全身的戰鬥技術，自動操縱無法傳達精神命令的肉體。

面對擺出架式的有希，達也臉上沒浮現任何表情。

沒有恐懼，沒有緊張，甚至也沒有大意。

「我之前說過才對。」

他的聲音如鋼鐵般強悍、冰冷、鋒利。

「下次出現，就會消除妳。」

預感到死亡的肉體，試著進行避免死亡的行動。

嘗試反過來奪走想殺她的敵人生命。

有希右手想要刺出刀子。

但是被達也一瞥，她的動作在中途停止。

有希下意識領悟到，這才是直接致自己於死的行為。

「哥哥，請稍待。」

在後方等候的達也妹妹——司波深雪出聲制止，站到哥哥身旁。

「她是文彌表弟的部下。我認為消除她不太好。」

深雪從側邊摟住達也，以這個姿勢仰望表達意見，幾乎沒有轉頭，只以視線看向有希。

一陣顫抖竄過有希的背脊。

不像是此世應有，美得令人發寒的面容，為有希帶來夾著寒氣的戰慄與恐懼。

有希實際感覺到身體逐漸失溫。

司波達也注視著她。位於眼神深處的是絕對的死亡。

司波深雪注視著她。位於眼神深處的是永恆的冰獄。

無法可逃。

（……不對，有方法。）

（有逃走的方法。）

（從這裡逃離就好。）

（從這兩人面前逃離就好。）

（逃吧。）

（逃吧！）

（快逃吧！）

在生存本能的聲音驅使之下，有希背對達也與深雪。

就這麼全力跑走。

奪走有希生命的魔法沒從背後射過來。

束縛有希的小西暗示，粉碎得無影無蹤。

◇　◇　◇

從司波家到最近車站的路線，有希快要跑完一半的時候停下腳步。

某個東西刺激她的記憶。

她立刻知道這個東西的真面目。

這裡是兩年前，有希和「闇」交戰的場所。

這大概是預感吧。

她的直覺告知危機來襲。

有希反射性地想要閃躲，卻不知道該躲到哪裡而愣在原地。

西。

不過，事態沒有因而惡化。

迴避從一開始就是白費力氣。

忽然間，有希覺得腹部被重毆。

面前沒有任何人。不只是視覺，包括聽覺、觸覺、嗅覺與味覺，完全沒有能夠知覺的東西。

就只是產生痛楚。

足以讓人昏厥的痛楚。

有希忍不住按著腹部跪下。

之所以抬起頭，是自我防衛本能在運作。

不知何時，右手戴著拳套的鮑伯頭少女站在她面前。

是「闇」。

「她」以看向敵人的冰冷眼神看著有希。

「等一下！」

有希忍痛張開雙手舉到頭上，擠出聲音。

「我回復正常了！我知道你想肅清我的心情，但是先聽我說！」

男扮女裝的文彌視線稍微變得柔和。雖然這麼說，也只是一千根刺減少為一百根的程度。

「好吧。妳說說看。說出我能接受的解釋。」

文彌背後出現兩名黑衣人。像是從黑暗中滲出般現身。

黑衣人左右架住有希的手臂，拉起她的身體。

偵訊是在不遠處停放的密斗貨車裡進行。車斗裡是相對的長椅，有希兩側坐著黑衣人，正前方坐著「闇」。交通法規禁止車輛行駛時完全不讓車窗透光，不過說起來車斗本來就沒車窗，不必擔心內部被看見。

密斗貨車開上都市高速公路，沿著環狀線繞圈。在車上，依然男扮女裝的文彌聽完有希的說明。

「原來小西蘭擁有邪眼嗎……」

「邪眼？光看就會讓對方變得不幸的那個？」

有希這句話隱含「果然是這樣嗎」的意思。但文彌使用「邪眼」這個詞，不是基於這種傳統的意義。

「在現代魔法的世界，以視線干涉對方意志的異能叫做『邪眼』。」

有希立刻露出「心裡有底」的表情。

「只不過，好像不是真的只要注視就能操縱對方。妳說明時提到的祕密房間各種細節，推測是催眠術所需的舞台裝置。」

「我中了催眠術？」

有希的雙眼閃爍怒氣。但這不只是針對小西。也是對中計的丟臉自己感到憤怒。

「催眠術與邪眼的併用。這應該就是小西教團洗腦的祕密。邪眼的能力不完美，不過暗示相當強力的樣子。」

文彌看向坐在有希身旁的黑川。

黑川默默點頭。

「得知敵人底牌是立了大功。雖然原本絕對不該原諒，但也是因為妳中了對方的道，今晚的暴行我就不追究吧。」

「……抱歉。感謝。」

無論理由為何都不允許背叛。這也符合有希的「常識」。文彌的裁決是破格的溫情，有希也毫不猶豫低頭致謝。

「既然知道小西的邪眼不完美，我覺得不太需要提防她。黑川你怎麼看？」

「我的意見也一樣。為求謹慎戴上附通訊功能的耳塞，以及緩和強光刺激的墨鏡，應該就足以對付催眠術了。」

「可以立刻準備耳塞與墨鏡嗎？」

「三十分鐘之內就能調度。」

「好吧。先回飯店一趟，準備好就出擊。」

文彌對黑川下令之後，將視線移回有希。

「有希，請妳就這麼一起過來。」

「知道了。我會洗刷汙名給你看。」

有希乖乖朝「闇」點頭回應。

◇◇◇

文彌帶有希回到下榻中的總統套房。

沒有護衛同行。黑川奔走進行襲擊教團的準備。

這顯示出文彌抱持「有希對我來說已經不構成威脅」的自信。

有希打從一開始就沒要背叛文彌，所以沒懷疑他為何不帶護衛。

亞夜子與奈穗在總統套房。

奈穗一看見有希就作勢備戰。

不過看到文彌在有希身旁，她就放鬆肩膀。

「小闇，歡迎回來。看來和有希談好了。」

文彌在亞夜子稱他「小闇」的瞬間板起臉。但他隨即露出死心的表情，然後以正經表情與聲音回應「我來說明」。

在這間總統套房，客廳規格的沙發組以及飯廳規格的高腳桌椅都有設置。文彌等人坐在高腳餐桌前面。

有希旁邊是文彌，正前方是亞夜子。奈穗準備四人分的紅茶之後坐在文彌前面，也就是亞夜子旁邊。文彌先開口再由有希接話，說明小西邪眼的相關情報。

「有希小姐，妳好散漫。」

「嗚咕……」

說明剛結束，奈穗脫口說出毫不留情的感想，有希不禁呻吟。

「不過，既然是被操縱就沒辦法了。亞夜子大人，您意下如何？」

「也對。到頭來只有有希嚐到苦頭，我們沒特別受傷，所以就照小闇說的不再追究吧。」

「唔唔唔……」

有希板起臉，表情像是同時喝光一整杯苦瓜蔬菜汁與苦茶。總之對她來說，這次的經驗應該成為「苦口的良藥」吧。

「所以今晚只要做好準備，我就要去收拾小西。」

文彌依然扮裝成「闇」，不過大概是在等同於自家的飯店客房鬆懈下來，說話回復為原本的語氣……即使如此，看起來也只像是「一口英勇少年語氣的美少女」，看來他擺脫男扮女裝的日子依然遙遙無期。

「你說的『收拾』是要殺掉嗎？」

亞夜子以像是為茶點打分數的語氣詢問文彌。

「沒理由讓她活下去吧？」

文彌說得像是要裁減繁殖過多的鹿。

「我要拿她當成『毒蜂』的練習靶。如果時間寬裕我會試著盤問，但應該無法期待問到有意義的情報。」

「既然以暗殺為前提，好像沒我上場的餘地。」

從文彌或是亞夜子身上，都完全看不見他們對於殺人抱持任何禁忌。

這對有希來說是日常光景，奈穗卻深受震撼而語塞。

「也對。我要帶有希去，但會把奈穗留在這裡，所以可以和她一起在這裡等嗎？我姑且打算在今天來得及返家的時間回來。」

文彌說的「返家」是回到濱松的住處。明天是星期一，文彌想要在早上準時上學。

「收到。我也會幫小闇打包行李做好返家的準備。」

「……要留衣服給我換喔。」

文彌抱持「該不會要我繼續穿這樣回濱松吧……？」這樣的疑念。

就在這個時候，黑川來叫文彌了。

文彌帶著有希離開總統套房。

亞夜子只是「呵呵呵」笑著回應文彌的請求，沒讓他放心。

〔10〕

名為「研討會」的洗腦結束之後，小西在代表室隔壁的祕密房間小憩。

這裡是小西她找到有前途的棋子時帶進來特別仔細洗腦的舞台，卻也是她能放鬆的房間。

今天套上項圈的獵犬叫榛有希，明天之後要怎麼逐步完成洗腦？小西在思考這個問題。

關於有希，小西覺得自己在某些部分「失誤」了。過於致力植入暗示，忘記從有希口中詳細詢問她是什麼樣的人。

小西問到有希是職業殺手，卻沒問她在哪個組織的誰底下工作。問到她擅長使用刀子進行近身戰，卻忘記確認除此之外還擁有什麼特技。

明天先讓她說出關於自己的詳細情報。

進而擬定作戰，研究如何對目標下手。

獲得盼望許久的「專家」，小西心情大好。

但她高昂的情緒，被打來代表室的這通電話潑了冷水。

「你說什麼?」

雖然明理知道別大喊,卻無法克制怒氣透露出來。

這通電話來自她任命保管非法工作所使用武器的部下。

部下說大約三小時前,教團最大的武器庫遇襲,不只是大量槍枝炸藥被拿走,剩下的武器還連同武器庫失火。

昨天金庫才剛遇襲,已經提升警戒層級,肯定也確實做好必要的對應手段。是保管人員偷懶摸魚?

小西連這種質疑都無法拭去。

「其他倉庫的狀況呢?」

小西將自制心發揮到極限,以冷靜的聲音詢問保管人員。

幸好受害的只有一處。

但是無法放心。說不定敵人只是還沒闖入。

小西掛斷電話,對負責警備的幹部下令,進駐總部的警備員只留下最底限的人數,其他人都派往倉庫。

同時,她指示今天召集的五人代替警備員到代表室門前集合。挑選為司波達也暗殺要員的她們,原本就為了打造成傀儡而預先打底。只要接下來和她們講幾句話,她們肯定會成為賭命保護小西的「人肉盾牌」。
小西認為這樣就夠了。沒設想到以這種程度無法應付的風險。

◇◇◇

打扮成「闇」的文彌，從留下來監視的部下那裡得知警備員大多離開，內心忍不住驚訝。
「小西留在總部對吧？」
「小西本人沒有外出或返家的形跡。」
「但我認為一般來說，犯罪組織的龍頭會不擇手段先保護好自己……」
「這也不一定吧？」
有希回應文彌忍不住發問的這句呢喃。
「唯獨自以為是策士的壞蛋，會充滿『只有我不會出事』這種毫無根據的自信。我知道好幾個人曾經因此自取滅亡。」
「小西也是這種類型？」
「我是這麼覺得的。不過中她伎倆的我或許沒資格這麼說吧。」

文彌心想原來如此。感覺有希的意見出乎意料正中紅心。

即使沒命中紅心，文彌他們也已經決定要怎麼做。

「——按照預定攻堅。雖說警備員減少，但不要大意。」

戴著墨鏡防範洗腦裝置的黑衣人集團一齊低頭。

黑色在黑夜意外顯眼。不能至少換成深藍或深灰色的西裝嗎？文彌和黑川交涉過，得到的回應卻是「屬下無能為力」。

事到如今在這裡抱怨也於事無補。這種可疑人物群聚在副都心這種都會區，卻完全沒引人注目。他們是幹練的諜報魔法師，這是無法否定的事實。分配到這種高手當部下還表示不滿，可是會遭報應的。

文彌如此說服自己。

「作戰開始！」

小聲卻隱含力道的文彌號令從耳塞內建的揚聲器傳達，黑衣集團一齊出動。

參加小西教團襲擊作戰的黑羽家魔法師，包括文彌共十二人，加上有希是十三人。他們不是從相同入口一起入侵，而是計畫三人一組錯開時間從四個場所潛入建築物。

和文彌共同行動的是黑川與有希。三人一組會多一人，所以黑衣人們想在文彌這一組編入四人。正確來說是十二人分成三人一組，文彌這組加入有希，這是黑川等部下們原本的計畫。

駁回這個計畫的是文彌。他主張將多出來的一人分配到鎮壓電源室的小組，鎖定小西的自己這組三人就足夠。

現在這裡的十三人之中，最強的是文彌。包括有希，所有人都認同這一點。文彌主張派人護衛他是浪費人力，沒人能反駁到底。

首先潛入的四人小組成功鎮壓電源室。從建築物照明全暗就知道了。

文彌他們以外的兩個小組，將建築物內部的人一個個制服。從警備員到事務員的所有人都已經無法抵抗。文彌收到這個通知的同時，帶著有希與黑川從正面玄關闖入。

「看來沒上鎖。」

「這樣啊。」

文彌點頭回應黑川。

「Nut，拜託了。」

文彌以代號稱呼有希，以委託的形式命令她打開失去供電不會動的自動門。

「難道帶我來是為了這個嗎……？」

有希半認真地輕聲說著，朝門伸出手。靜止的馬達成為阻力。

襲擊成員之中，實力最強的是文彌，但從臂力、力氣來說，最強的是發動身體強化的有希。她自嘲是負責撬開沉重大門的要員，這句話或許大致正確。

變得不是自動門的電動門，緩慢但毫無抵抗地逐漸開啟。

文彌與黑川站在門口旁邊，在有希的另一側觀看。

門後是通往代表房間的祕書室。

黑川默默和文彌相視點頭，從一人分的門縫衝進室內。

緊接著響起弓弦聲。對方使用的是小型十字弓。

以武器來說果然不如槍，殺傷力卻不容小覷，威力足以取人性命。

不過，即使聽到室內傳出「成功了？」的聲音，文彌也沒著急。

說到讀取殺氣，黑川在黑羽家的魔法師之中首屈一指。他還是甲賀流的忍術使，習得各種躲避敵人攻擊的招式。在黑羽家是最不容易中埋伏或偷襲的戰鬥要員，這就是黑川白羽的特徵。

「咦？只有外套？」

只聽室內發出的聲音，就知道發生什麼事。中箭對象本應倒下的地方，大概只剩下外套落在地面吧。是黑川的「空蟬之術」。

比起這一點更引起文彌注意的，是裡面只傳出女性的聲音。

在小西身邊負責警備的即使只有女性，也沒什麼好奇怪的。女性代表配女性護衛。這應該是常見的組合。

但若加入洗腦相關的情報又如何？

（——是以暗示打造成「盾」的女性們嗎？）

既然對方是女性，攻擊時肯定會猶豫。許多罪犯或恐怖分子這麼認為。即使明白「無論男女只有拿起武器都是同等威脅」，實際上也有不少士兵或警察對女性開槍的時候會猶豫。如果對方是年紀還小的女性——少女就更不用說。己方愈是占優勢，愈傾向於出現這種猶豫。

文彌的部下沒有天真到在這方面男女有別。不過說來遺憾，文彌還沒達到斷然割捨「被奪走意志加以操縱的女性」的水準。

如果是以自己意志戰鬥的女性，他敢攻擊。

但如果是被洗腦，成為傀儡受命戰鬥的女性，他就不忍殺害。

文彌右手拿著專門為他打造的拳套形態ＣＡＤ，左手穿過防摔腕帶握著行動終端裝置形狀的泛用型ＣＡＤ，衝進房間。

踏入第一步的時候，就操作泛用型ＣＡＤ架設魔法護壁。

一名女性陳屍在門後不遠處。

文彌從屍體移開視線，尋找黑川的身影。

短箭命中文彌沿著身體架設的反物資護盾落地。

黑川正要解決第二人。

文彌按下專用ＣＡＤ的開關。

精神干涉系魔法「直結痛楚」。不傷害身體，直接給予精神痛覺的魔法。

黑川面前的女性翻白眼脫力倒下。

失去攻擊目標的黑川，掛著傻眼的表情轉過身來。

箭再度射向文彌。

這次從距離文彌臉部三十公分以上的側邊穿過。

文彌按下拳套拇指位置突出的按鍵。

抱著十字弓的年輕女性發出短短的哀號，像是斷線傀儡般倒下。

房間還有兩名女性，卻因為文彌的直結痛楚而陸續昏迷。

文彌環視室內。

一人死亡。四人昏迷。無人受傷。

黑川以不到苦笑的表情看著文彌，卻沒出言責備或規勸。

文彌沒殺掉被操縱的女性們。

沒必要殺掉。

不殺就能制服敵人。他是做得到這一點的強者。

慈悲是強者的特權。文彌只不過是行使了這個權利。

「Nut。」

文彌以代號叫有希。

有希掛著有點不滿的表情進入房間。大概是戲分被搶走所以不是滋味吧。

「請監視她們。」

「喂！」

有希大聲抗議。

「暗示可能還在。這是以防萬一。」

但是既然文彌這麼說，有希也只能乖乖服從命令。

文彌與黑川沒發出聲音就破門進入代表室，有希不甘心地目送他們的背影。

◇　◇　◇

代表室的門不是自動橫拉門，是轉動門把往內推的類型。

文彌以振動系魔法隔絕聲音，接著發動移動系魔法朝內側破門。雖然看起來粗魯，但這是考慮到門可能設置陷阱。

黑川先踏入代表室，文彌跟在他身後。

沒有窗戶造成壓迫感的室內空無一人。

但是文彌與黑川聽友希說過祕密房間的事。即使沒聽過，躲在牆壁另一側的某人氣息，兩人也輕而易舉，像是親眼看見般掌握得一清二楚。

文彌與黑川轉頭相視。

黑川朝文彌點頭。

文彌朝著祕密房間的氣息，使出減輕威力的直結痛楚。

牆壁另一頭沒傳來任何聲音。

但是文彌和兩年前不同，已經不靠肉眼也能讓魔法瞄準。

感覺得到自己使出的魔法傳來手感。

他的魔法確實賦予痛楚。

文彌再度以不會令人昏迷的程度，使出稍微增強的直結痛楚。

細微的慘叫撼動代表室的空氣。看來祕密房間的隔音水準稱不上完美。

「我會一直攻擊，直到妳從裡面出來。」

文彌朝著牆壁告知。雖然不知道監視器與收音器的位置，不過按照祕密房間的定例，裡面肯定看得見也聽得到這邊的狀況。

他立刻得知自己的推測正確。

文彌威脅之後，面前的牆壁隨即往側邊滑動。正如有希所說，偽裝得很漂亮。

一名中年女性走出祕密房間。她蹣跚走到文彌面前，像是用盡力氣般癱坐。

「妳是小西蘭，另一個名字是西小蘭，對吧？」

文彌從小西頭頂灑下冰冷的聲音。

小西滿臉驚愕談起頭。仰望的雙眼詢問文彌為什麼知道她的名字。

「去年夏天毀滅的香港黑幫『無頭龍』在日本當地的協助者。」

「為什麼……」

小西擠出痛苦的聲音。直結痛楚造成的傷害沒那麼輕易消失。不存在的傷口肯定至今也在高呼疼痛。對於現在的小西來說，講一句話都是苦行吧。即使如此，她也沒封鎖這句細語。

就算這麼說，文彌也沒道義回答。

「我有事情要問妳。」

他單方面對小西說。

「如果不招，就會再次給妳痛楚。」

小西整張臉染上恐懼的神色。

◇◇◇

文彌將門破壞，所以這邊也完全聽到裡面的對話。文彌威脅小西的話語，有希不必豎起耳朵也聽得到。

「長得可愛卻是冷酷的傢伙……」

有希想起「闇」的嬌憐容貌，傻眼低語。「她」依然是比有希還標緻的少女。最近甚至開始洋溢令男性瘋狂的魅力。

有希曾經對闇的美少女模樣心懷嫉妒。但最近開始同情文彌。不，與其說同情應該說憐憫。

文彌討厭穿女裝。有希從他化妝時或是剛穿好裙子時的態度就隱約知道，也聽過他發牢騷。

不過既然那麼合適，他人應該不會協助阻止吧。而且文彌與闇看起來確實不同人。以高解析度的攝影機比對骨骼會知道，但是基本上肯定沒人光以肉眼就能猜中兩人是同一人。以

「隱藏身分的扮裝」這個目的來說，應該沒人比他完美。

「那種冰冷的台詞也很適合他。」

闇與其說是「美麗」更像「可愛」型的美少女，卻不是「甜蜜」美少女，給人中性的印象。這種不拖泥帶水的爽快感覺，和他冷淡的言行堪稱絕配。

「對於那種類型的男性來說……」

輕聲說到這裡，有希突然閉嘴。這是自言自語。即使現在沒有門，也不是隔壁房間聽得到的音量。

但是萬一文彌聽到，肯定有陰險的報復等待著她。再怎麼樣也千萬不能說出「對於被虐狂男性來說應該欲罷不能吧」這種話……

為了讓注意力脫離這個危險的思考，有希決定專心工作。

監視昏迷的女性們。這是她現在肩負的職責。

（差不多該清醒了吧。）

有希如此心想，逐一檢視倒地女性的長相。長時間昏迷對於身體來說不是好事。失去意識的時間持續太久，可能會對大腦造成某種損傷。在這種狀況必須早期治療。

有希由近至遠依序檢視，在第四人的時候發現熟悉的面容。

（哈娜……妳居然也是……）

短短數小時前，帶有希來這裡的女大學生。除了對魔法師過度反感，看起來是平凡的年輕女生。對於有希來說只是利用來潛入的局外人，但因為彼此見過面，所以不能漠不關心。

（我利用了她正直的個性，在這方面或許和小西沒有兩樣。）

有希為了潛入教團，欺騙了哈娜。

小西為了打造暗殺的棋子，對哈娜施加暗示。

即使程度不同，本質也相同。有希如此心想，心情變得鬱悶。

注視哈娜臉龐的時候，忽然傳來哀號。

想要繫住逐漸流失的生命而空虛掙扎，帶著這種悲哀與絕望的微弱哀號。

有希轉身看向隔壁房間，想知道發生什麼事。

接著遵從直覺，撲向側邊地面翻身。

有希立刻重新擺好姿勢抬起頭。她目擊刀子刺穿自己剛才所站的空間。

刀子握在哈娜的手上。

「哈娜，妳這傢伙！」

「啊哈，小夏，這是妳的真面目？」

哈娜緩緩起身。

在燒灼頸子的危機感驅使之下，有希從腰後抽出刀子。

有希與哈娜持刀對峙。

哈娜的姿勢不算洗練，但是感覺她習慣對人動刀。

「……妳至今都在彈三味線？」

「彈三味線？我想想，記得是『敷衍搭腔』的意思？小夏，妳知道的諺語真古老耶。但我認為在這個狀況，說我『裝老實』比較貼切喔。」

哈娜咧嘴一笑。這張笑容和白天的她判若兩人。

「這種事不重要！妳這傢伙不是外行人吧？」

「裝老實的人以及不外行的人，應該都是小夏妳吧？我是正常人喔。至少不是專家。」

「外行人不會毫不猶豫拿刀子指著別人！」

「這很正常喔。在我長大的貧民窟很正常。」

「貧民窟？」

意外的話語，令有希的架式頓時鬆懈。

哈娜沒放過這個破綻。

刀子砍向有希的脖子。不是插入喉頭，是讓刀刃從側邊滑過，以割斷為目的的刀法。

有希左手上提，架開哈娜握刀的右手。然後不是以刀刃，而是試著以拳套毆打哈娜腹部。

雖然已經關閉身體強化，但有希原本的身體能力也優於成年男性平均水準。拳頭裝上硬質樹脂的拳套打下去，彪形大漢也免不了昏迷。

哈娜以左手臂接住這一招。

就這麼向後仰，後空翻拉開距離之後起身。

「好痛……真夠力啊。」

哈娜板起臉。她的左手臂明顯骨折。

「對了對了，剛才在講貧民窟的事。」

但她若無其事回答有希的疑問。

「我說過我是菲律賓的混血兒吧？但我沒說我是日本人吧？」

「妳不是日本人？」

「我是菲律賓人喔。民答那峨島出身。知道馬拉威嗎？我在那裡的貧民窟長大。」

「妳是穆斯林的激進派？」

菲律賓民答那峨島的馬拉威，據說曾經是回教徒武裝組織設為據點的都市，餘黨也會離鄉來日本從事恐怖行動。有希想起在亞貿社研修時學到的知識。

「喔，真清楚耶。但我不是回教徒喔。」

哈娜語氣沒變。但她的眼中燃起憎恨之火。

「我不知道爸爸為什麼來馬拉威。只知道爸爸是日本人，和貧民窟的危險傢伙做生意，然後在某天被殺掉。」

哈娜揮刀砍過來。

左手骨折的她失去平衡，有希不費吹灰之力躲過她這一刀。

有希忍不住咂嘴。自己讓對方有機可乘，她對這樣的自己感到不耐。

「雖說是貧民窟，生活也沒太慘喔。只是犯罪多到異常，食衣住行沒什麼問題。但也沒辦法過得奢侈就是了。」

隔壁房間忙亂行動的氣息消失了。

「不過，大約從四年前變得愈來愈危險。」

四年前。雖然有希沒想到，不過是沖繩遭到大亞聯盟侵略，佐渡島被新蘇聯襲擊的那一年。

「我和鄰居們一起偷渡過來。幸好被認定是難民沒遣返。爸爸留了日幣給我，所以生活也過得去。可是啊……」

哈娜忿恨瞪向有希。這股憎恨的強度，足以令有希倒抽一口氣。

大概是終於察覺這邊的異狀，文彌從門板損壞的出入口現身。

有希與哈娜同時看向文彌。

文彌想介入，有希以視線阻止。

有希視線移回哈娜，哈娜也重新看向有希。

「可是什麼？」

有希催她說下去。

哈娜短暫猶豫之後，重新開口。

「沒能歸化。」

哈娜的聲音不是洋溢憎恨，而是憤怒。

「他們說，因為爸爸的屍體連頭髮都沒留下，沒有東西能證明我有日本人血統！說我是私生子，連法律上的紀錄都沒有！我明明是半個日本人！」

「妳對此不能原諒？」

「不對！我並不是一定想成為日本人，也沒討厭自己是菲律賓人。老實說，國籍一點都不重要。」

「不然是怎樣？」

「我因為沒證據，所以沒能立刻核准歸化。可是安娜她……和我一起偷渡的朋友，曾經是朋友的她……」

哈娜聲音顫抖。她做個深呼吸，稍微平復自己的心情。

哈娜現在破綻百出。要以不讓她繼續受傷的前提制服她，對於有希來說應該不難。

但是，有希沒要採取行動。

「她只因為擁有使用魔法的天分，就輕易獲得日本國籍。」

「……這就是理由？妳憎恨魔法師的理由？」

「沒錯！開什麼玩笑？為什麼比起半個日本人的我，一定要以她為優先？只因為一百多年前的祖先是日本人！只因為她有魔法的天分！」

哈娜劇烈吐氣。隨著呼吸逐漸平復，她的表情也像是擺脫心魔般回復平穩。

但是，眼中燃燒的憎恨火焰沒有熄滅。

「我知道，光是我一個人生氣也無濟於事。我再怎麼吵鬧大喊，這個國家，這個世界，什麼都不會改變。我加入這個團體，也不是真的想將日本改變成沒有魔法使的國家。只是因為會比什麼都不做來得舒坦。只是因為和同樣討厭魔法的人在一起就能安心。」

哈娜看著右手所握的刀子，自嘲般笑了。

「我對於現在的日常生活感到滿足喔。原本想忘記貧民窟的那段生活。刀子的用法，我已經兩年多沒回想起來了。不過……」

追加最後那兩個字的哈娜聲音，透露出某種不甘心。

「這裡居然也有魔法使。我因為魔法變成傀儡，就這麼依照命令要殺人。」

哈娜五官扭曲。這是忍著別掉淚的表情。

「魔法解除之後，遺忘至今的事情，我回想起來了。」

哈娜看向有希。憎恨又帶著央求的眼神。

「小夏，告訴我。妳真正的名字是什麼？」

「……Nut。」

「『Nut』啊。這是妳身為『殺手』的本名？」

「對。」

「妳也是『魔法使』吧？」

有希沒否認。她從來不認為自己是魔法師。但她隱約理解到，哈娜說的「魔法使」指的不只是魔法師。

也包括能使用一般人沒有的異能，像是有希這樣的異能者。有希在這一瞬間理解這一點。

「我想去沒有魔法使的世界。不過既然無法讓魔法使從這個世界消失，就只能我消失了。」

哈娜手握的刀子尖端，直指有希的喉頭。

「Nut，殺了我！」

哈娜這一刺，是她至今使出的攻擊之中最犀利、洗練的一刺。

刀尖筆直逼近有希喉頭。

有希以異能強化過的左手抓住哈娜的右手腕。

右手的刀子平滑插入哈娜的心臟。

凶器從哈娜的右手落下。

有希頂開哈娜的右手往下鑽，移動到她的右側。

抽出刀子。

血猛然噴濺。

有希繞到哈娜身後，讓她橫躺在地。

「……啊哈，妳讓我以最漂亮的形式死掉耶……」

割破心臟的時候沒過度施壓，血就不會從五官流出。劇烈出血會迅速剝奪意識，幾乎不留屍斑。橫躺的姿勢不會讓全身浸在血泊。如哈娜的遺言所說，這是用來留下漂亮屍體的殺人方法。

「……Ｎｕｔｓ ｔｏ ｙｏｕ。」

有希這句招牌台詞是「受死吧」的意思。不過見證兩人了斷的文彌，覺得這句話聽起來像是有希對哈娜說「安詳離世吧」。

◇◇◇

「滿足了嗎？」

「小西那傢伙怎麼樣了？」

有希沒回答文彌的問題，反過來這麼問。

有希沒看向文彌，是側臉朝向他。

文彌沒堅持從有希那裡得到回答。

「被咒殺了。」

「咒殺？」

不過有希猛然轉身面向文彌，看來她不得不對此起反應。

「是被人下咒殺害的意思嗎？到底是誰……」

「她正要坦承是誰仲介委託暗殺達也哥哥的時候，突然痛苦搔抓胸口，她往前倒下的時候，心臟已經停止跳動了。」

「……不是單純的心臟麻痺嗎？」

「倒地的小西背後，剛好在心臟背側的位置，爬出一條以黑影形成，全長大約三十公分的毛蟲，這樣妳還要說是心臟麻痺嗎？」

有希睜大雙眼，暫停呼吸。

「那條毛蟲在我們注視之下溶解在空氣裡。那個明顯是以古式魔法製作的一種使魔，我想應該是大陸的方術體系。」

「……使魔？」

有希提出這個問題，因而回復呼吸。

「這種東西真實存在？」

「在日本沒流行就是了……Nut，怎麼了？妳氣色很差喔。」

電源室停止供電，照亮房間的只有以內建電池發電的緊急照明燈。因為昏暗所以難以視認，不過仔細看會發現有希臉色鐵青。

「沒事。」

有希立刻回應。這反應感覺有點回答過快。

「喔喔，原來如此……」

文彌一臉熟知內情般點頭。

「幹嘛？」

有希回以不耐煩的聲音，但臉色依然鐵青。

「妳怕毛蟲對吧？」

「不怕！只是覺得噁心。」

「所以Nut也是小女生對吧？」

「我不是『小女生』的年紀！」

文彌的溫暖視線，使得有希自覺正走進死胡同，試著強行換個話題。

「不提這個，接下來要做什麼？」

「撤收。可惜最後被人搶先一步，但是既然目標對象死了就無計可施。」

「說得也是。」

有希轉身面向通往走廊的出口，轉頭瞥向背後。

「妳在後悔？」

文彌立刻問她。

太會抓時機了吧……有希沒轉移話題。

「哈娜要我殺她，是情緒一時激動造成的。要是讓她活下去，她應該會改變心意吧？」

「意思是可以不必殺她？」

「不……即使是一時鬼迷心竅，哈娜也拿刀指著我要殺我，那我就沒有理由手下留情。因為我是殺手，不是正義使者。」

「妳不必成為正義使者，當我的部下就好。」

有希大幅眨了眨眼。

文彌以「闇」的面容露出壞心眼的笑。

「是是是，我是你的棋子，不對，是道具。」

「我沒把妳當道具喔，頂多當奴隸。」

「……喂，那剛才那句話有點認真對吧？」

「當然是開玩笑的。黑穿，請處理屍體。昏迷的女性也都帶回去。」

文彌聽著背後傳來黑川「知道了，闇大小姐」這句回應，往前超越有希，離開只有屍體與昏迷人體躺在地上的房間。

有希所說「不，你絕對是說真的」這句話追著他離去。

【11】

五月二十三日，星期三。

鱷塚為了見委託人，來到東京灣岸四下無人的倉庫街。

「在這種地方見面更顯眼就是了。」

指定這裡會面的是委託人。鱷塚喜歡去服務員徹底受到保密訓練的高級餐廳，可惜委託人似乎囚禁於不實際的奇妙主觀。

鱷塚本來不會和這種客戶見面。以他的作風別說接受委託，甚至會避免聽對方說明。不過這次基於奇妙的緣分決定和對方見面。

委託人叫做貝塚英吉。在中堅電力公司掛著課長的頭銜。

雖然接下來才要聽委託內容，但內容已經預先調查。是暗殺的委託，目標對象是「司波達也」。貝塚是岩切與赤石的夥伴，在這個事件繼赤石之後成為下一個聯絡窗口。

負責暗殺的小西蘭離奇死亡的事件，在昨天的階段就成為新聞，加入小西教團的女信徒也同時有五人下落不明，這兩件案子使得警方大舉調查「人本生活與社會促進協會」，在這種狀況當然無法期待暗殺委託遂行。

他們和小西的關係曝光的可能性明明不是零，貝塚卻立刻接觸下一名殺手，不知道是大膽還是瞧不起警察。

貝塚接觸的是亞貿社。

亞貿社表面上（意指黑暗世界的表面）是獨立獨行的政治暗殺業者。

實際上卻位於黑羽家旗下。

既然黑羽家下任當家黑羽文彌的意向是阻止司波達也的暗殺計畫，他就不能接這個委託。

同時，他也不能冷漠拒絕。

既然對方主動接觸，亞貿社基於立場也不能毫無反應了事。

至少態度上要對黑羽家盡到道義。如此判斷的公司高層，將這個委託交給鱷塚全權處理——也可以說是扔爛攤子給他。

處理的結果就是這次的會面。

從約定時間一小時前開始等待的鱷塚，在預定時間五分鐘前聽到車輛接近的聲音而下車，就這麼倚靠在愛用的廂型車旁等待。

不久，一輛大眾房車停在他面前。

（……終究還是有點常識，知道要選擇不顯眼的車種嗎？）

即使內心瞧不起對方，卻也沒外行到被人從表情看透。鱷塚掛著誠懇生意人的表情等待貝塚下車。

（負責監視的人確實在看吧。）

如同鱷塚一小時前就來到這裡，貝塚的手下（或是協助者）也是三十分鐘前在不遠處駐點。剛抵達就匆忙以望遠鏡看向鱷塚時，鱷塚好不容易假裝沒察覺。

岩切、赤石與貝塚，在公司裡確實是犯罪專家也不一定。

不過亞貿社幹部與鱷塚是在黑暗社會生活的真正專家，就他們看來，這三人只是「業餘聯盟的頂尖好手」。

下車的貝塚獨自走向鱷塚。大概是強調此行遵守鱷塚所開出「一對一見面」的條件吧。至於部署在周圍倉庫的監視人員，鱷塚假裝沒察覺，因為這樣也正合他的意。

「是亞貿社的人嗎？」

「是的。您是貝塚先生吧？」

貝塚被叫到本名也很乾脆地承認，鱷塚對此只覺得「哎，就是這麼回事吧」。對方姑且是上櫃公司的正式職員，應該是覺得只要調查就會立刻被查明身分而看開吧。

（好啦，任務開始。）

鱷塚為即將到來的衝擊做好準備。

◇◇◇

貝塚安排的監視人員，位於倉庫小窗旁邊或起重機駕駛座。

沒人帶著狙擊槍。那麼監視人員的職責究竟是什麼？想必是在本次會面有陷阱的時候事先發現，警告貝塚必須中止會談吧。

就有希看來真的是不上不下。她俯視倒在腳邊的監視要員屍體，不屑般哼了一聲。

「Shell，準備好了嗎？」

聽到有希以十天前剛決定的代號呼叫，奈穗留心別叫錯，不是回應「是，有希小姐」，而是「是，Nut」。

奈穗移動到窗戶前面。鱷塚和貝塚交談的場所，這裡的垂直距離約二十公尺，水平距離約五十公尺。直線距離是五十五公尺左右。在奈穗狙擊魔法的射程內。

「為了消除風的影響，會使用強一點的魔法。想子感應器可能會偵測到。」

「逃走計畫交給我吧。」

有希包辦逃走手段，奈穗向她點了點頭，將L字型握把的陽傘朝向窗外。

前端開孔的傘頭像是步槍的槍口，稍微從窗戶突出。

「不願赴黃泉，百般不願赴黃泉。憶君恩情深似海，不願赴黃泉。」

德川四天王之一——本多忠勝的辭世詩。

奈穗詠唱閃憶演算的關鍵句，瞇細雙眼。

緊接著，陽傘前端噴出以反物資護盾包覆的液體，在鱷塚背上綻放鮮紅花朵。

鱷塚往前倒下。

有人在面前中槍倒下。看見這幅光景的貝塚雙腿嚇到動彈不得。

「沙場戰兮永不歸，了然於心。梓弓響兮成英烈，且留吾名。」

接著詠唱下一段關鍵句。楠木正成的兒子，小楠公——楠木正行的辭世詩，使得奈穗的記憶領域輸出不同於剛才的啟動式，讀入她的魔法演算領域。

在詠唱關鍵句的過程中，從握把充填到傘柄的水滴包覆一層魔法護盾。

覆蓋護盾的水滴獲得超越金屬包覆彈的貫穿力，在傘柄內部加速之後，沿著魔法設定的直線軌道直馳而去。

水滴子彈從側邊鑽入貝塚脖子，魔法隨後解除。

作用在水滴的魔法是反物質護盾與軌道固定魔法。飛行速度來自傘柄內部進行的加速，從傘頭射出之後是水滴本身擁有的物理量。

魔法護盾解除，水滴因而回復為原本的脆弱構造，在貝塚皮膚下方迸開。速度的動能轉換為滲透的壓力，壓迫貝塚的身體組織。

水滴爆發撕裂貝塚的頸部血管、頸椎的椎間板與頸椎內部的神經，他來不及感覺到疼痛就立刻死亡。

◇　◇　◇

逃離倉庫街平安抵達自家的有希與奈穗正在稍做休息時，告知客人來訪的鈴聲響起。

「有希小姐，鱷塚先生找妳。」

「真快。讓他進來。」

「知道了。」

奈穗前往玄關迎接，鱷塚在她的帶領之下出現在飯廳。染血的外套已經換成乾淨的衣服。

「看你這個樣子，應該是沒請回收小組幫忙就解決了。」

「嗯。貝塚的手下扔下主人的屍體爭先恐後逃走了，所以不必等到三十分鐘。」

剛才在他背上綻放的紅色花朵，確實是以他自己的血畫出來的。然而不是從他身體流出來的血。奈穗射向貝塚的子彈是普通的水，射向鱷塚的子彈則是事先抽取他的血混合抗凝血劑製成。

奈穗對鱷塚與貝塚使用不同的魔法。

對鱷塚使用的魔法，反物質護盾是在中彈前解除。

對貝塚使用的魔法，反物質護盾是在中彈後解除。

他們擬定的作戰是先讓鱷塚看起來被狙擊，不讓對方懷疑亞貿社背叛他們進而射殺貝塚。

如果貝塚安排的監視眼線早早消失，鱷塚就自行脫離現場。如果監視眼線留下來很久，就請亞貿社派出回收小組，鱷塚就這麼假扮成屍體離開現場。

一切程序如上所述。

「可以說進行得很順利吧？」

「說得也是。不過要看剩下的四人怎麼行動……」

委託暗殺司波達也的集團以七人組成。有希事前就暗殺其中一人，兩人由奈穗奪走性命。

如鱷塚所說，剩下四人。

「我想，應該會就此收手。」

有希以相當滿意又隱約鬆一口氣的樣子點了點頭。

「而且奈穗的氣色看起來也比上次好。」

有希看向奈穗，奈穗不好意思般別過頭。

「雖然過程中遇到各種麻煩，不過最終算是完成委託了。」

有希這番話引得奈穗傻眼轉身看過來，但她對於有希的總結沒有意見。

◇◇◇

橫濱市山下町，通稱「中華街」的街道一角有一間高級酒樓。店內深處，顧客禁止入內的老闆專用房間裡，外型秀麗的青年嘆了口氣。

他的名字是周公瑾。雖然像是令人聯想到三國志英雄的假名，但當事人表示是本名。

「他們決定收手了嗎？」

這裡說的「他們」是岩切工作上的夥伴。

約一小時前，還活著的四人開會決定放棄暗殺司波達也。周公瑾早早掌握到這個情報。

「應該不必處理掉吧。畢竟或許可以利用在別的機會。」

周公瑾這次只是引介小西，他自己完全沒損失。
小西蘭差點招出他的事，所以他費了一些工夫派使魔處理掉，但這不是岩切夥伴們的責任。
「不過，司波達也的背後到底是誰撐腰？」
襲擊小西教團的手法，就周公瑾看來也非常漂亮。國防軍的情報部也做不到那種程度吧。
「棘手的少年……」
對於周公瑾來說，司波達也雖然礙事，卻也不是非得除掉的對象。
至少，目前是如此。
至少，就現在所知是如此。
不過周公瑾的直覺告訴他，一定要現在馬上抹殺司波達也。
否則或許總有一天會為他們，為他自己帶來毀滅。
周公瑾有這種感覺。
「不過，現在應該最優先處理的，是沒查出真面目的『摩醯首羅』及其一族。」
周公瑾將思緒朝向他們心目中的最大障礙，某個魔法師以及某個魔法師勢力。
對於司波達也的處置，他在意識之中暫且擱置。

◇　◇　◇

五月二十四日，星期四。

警視廳搜查一課的中階刑警（巡查部長）梶谷，為接連接到的懸案傷透腦筋。

「說真的……要拿什麼怎麼做，才能用這種方式殺人？」

他百思不解的是昨天在無人倉庫街遇害的公司職員被何種凶器奪命。

從傷痕形狀得知是被槍之類的武器射殺，但是關鍵的子彈找不到。即使找遍現場每個角落，即使徹底解剖受害者屍體，也找不到任何一塊金屬片或樹脂碎片。

「尾山他……被派去『小西教團』那邊嗎？」

總是和他搭檔的搜查一課年輕刑警，以幫手身分參與「人本生活與社會促進協會」，通稱「小西教團」的搜查行動，調查代表離奇死亡又有五人失蹤的案件。

「如那傢伙所說，是魔法犯罪嗎？感應器偵測不到的犯罪魔法師？這玩笑不好笑。」

尾山所提出「感應器偵測不到的犯罪魔法師」的假設，梶谷硬是以玩笑話帶過，再度抱頭開始低聲呻吟。

◇◇◇

五月二十六日，星期六夜晚。

有希被文彌叫去，前往和之前同一間飯店的同一間總統套房。

今天的文彌維持文彌的樣貌。

雖然是個頭有點小的清秀少年，不過從哪個角度怎麼看都是「男生」。實在不令人覺得和那個「美少女」是同一人。

「辛苦了。坐吧。」

聽到文彌搭話，有希全力驅除雜念，若無其事坐下。

「向小西教團提出暗殺委託的集團，確認已經完全放棄計畫。本次的事件就此結束。至今辛苦妳了。」

有希不發一語，微微點頭回應慰勞的話語。她沒有因為解決一份工作而喜悅。

「原本想發獎金給妳，但這次和懲罰抵銷。知道我說的意思吧？」

「知道。沒有不滿。」

這裡的「懲罰」不必多說，是她被小西的邪眼操縱，意圖殺害亞夜子與奈穗的行為。那是即使當場被肅清也在所難免的失態。如果只以沒收獎金了事非常划算。有希真心這麼認為。

「要說代替獎金也不太對，不過妳在意的那件事情查出來了。」

「我在意什麼事？」

她不是裝傻，是真的聽不懂文彌在說什麼。

「山野哈娜的母親在半年前，正確來說是在六個月又三星期前死於橫濱。」

「橫濱？六個月又三星期前？喂，那不就是……！」

「沒錯。是橫濱事變的犧牲者。」

「……這也是原因嗎？」

「與其說也是原因，不如說是臨門一腳。當時的戰鬥由戰鬥魔法師首當其衝。山野哈娜的母親可能是被魔法師部隊與侵略軍的戰鬥殃及。」

「難怪她會憎恨魔法師吧……」

對於有希說出的感想，文彌沒多說什麼。

「山野哈娜的父親是國防軍的非法特務。任務是出售武器給己方勢力，對抗接受大亞聯盟支援的共產游擊軍，妨礙該國的祕密滲透行動。確認他已經死亡。」

「父母雙亡嗎……」

「她也沒有兄弟姊妹。真的是舉目無親。」

「即使死了也沒人難過……你想這麼說對吧？」
對於有希的詢問，文彌也堅守沉默。
「……文彌，方便問一個問題嗎？」
「如果我能回答。」
「哈娜提到的安娜……歸化日本的魔法師朋友，知道她的消息嗎？」
「知道。」
「告訴我吧。」
文彌立刻回應有希的要求。
「日本姓名『仲間杏奈』的她，四年前歸化日本，隔年進入國防軍。」
「突然就進國防軍？沒上大學或防衛大學？」
「以魔法師的出路來說並不稀奇……後續的經歷也想知道嗎？」
看文彌一副猶豫的態度，可以推測沒什麼好下場。
「說給我聽吧。」
但有希不想在這種不上不下的地方打住。
「入伍的第二年，也就是距離現在兩年前，軍方表示仲間杏奈因為演習意外而殉職。」
「軍方表示？」

「是的，實際上不是這樣。她被送進軍方的魔法師研究設施，至今也依然是白老鼠吧。」

「……對外謊稱死亡，如今是白老鼠嗎？」

「不一定是被逼的，也不一定是被騙的。自願的魔法師不算少喔。像是苦惱於己身魔法力不足的戰鬥魔法師。」

有希一副事不關己的樣子，沒把文彌的補充說明聽進去。

「安娜對外謊稱死亡，成為研究所的白老鼠。哈娜沒能成為日本人，卻至少度過兩年和平的大學生活。」

有希視線從文彌身上移開，茫然注視虛空。

「誰才是幸運的一方呢……」

有希的自言自語，文彌不做回應。

文彌也沒告訴有希，哈娜因為母親在橫濱事變犧牲，所以早已獲准歸化做為補償。

（司波達也暗殺計畫② 完）

中場〈某愚者的消失〉

西元二〇九六年四月底。

司波達也來到東京都心灣岸地區，許多媒體業界人士出沒的這座城市，並不是為了看名人。

三天前，達也和某個知名女星進行交易。

交易內容是達也會湮滅女星和第一高中某學生的醜聞證據，以此為代價不准她繼續耍小手段在達也身邊騷擾。目前還在觀察期，但看不出該女星有反悔的樣子。達也已經鮮少分散注意力到這場交易本身。

不過在監視她是否忠實履行交易的過程中，達也得知這名女星的父親是新興媒體集團的大老闆，對魔法師採取友善態度。也因此招惹了反魔法主義宣揚者之中較為激進的一派。

女星先前的所作所為，也沒對達也造成什麼實質上的損害。就算剛成年的孩子做出一些引人不悅的行徑，拋棄對自身有益的這個人材也不是上策。

達也是這麼判斷的。

如果女星的父親被反魔法主義者害得權益嚴重受到侵害，達也不介意在不會曝光的範圍出手協助。

比方說，暗中拆除該男性所經營企業集團某公司被安裝的炸彈。他會幫這種程度的忙。這麼做到最後也會成為己身的利益。這就是達也今天來到這裡的動機。

必須前往公司附近才找得到炸彈，但是拆解的時候不必親手碰觸。只要找到所在處，就可以從任何地方自由自在進行「分解」。

達也維持土製限時炸彈的原形，只拆掉配線癱瘓功能之後匿名報警，如今正要回家。

雖說這裡是東京都心，不過大概是這個世紀才開始人工開發的地區，綠地與空地意外地多。道路也是沒必要的立體式設計，因此各處都有監視器死角。

達也目擊一名年輕女性，更正，一名少女被疑似幫派成員的三名黑衣人襲擊的光景，正是因為偶然注意到這種死角。

如果是平常，達也應該會視若無睹。在這個大都市，要是每次看見犯罪都要行俠仗義將會沒完沒了。以達也的狀況不是「肉眼看見」而是「心眼看見」所以更不用說。

即使如此，他還是停下腳步，因為他對正在遭受襲擊（還只是被三人包圍，所以或許應該說「正要遭受襲擊」）的少女有印象。

不是達也的朋友。形容為認識也怪怪的。

達也之所以記得這名少女，是因為某次遭遇雷歐和她走在一起的場面。

雷歐介紹過她的名字與職業。當時聽她親口說自己在擔任虛擬偶像「裡面的人」。不知道現在是否還在做這份工作。

她認識雷歐的契機，好像是她和所屬的經紀公司發生摩擦，在演變成肢體衝突的時候獲得雷歐協助。依照雷歐的說法，她應該是單方面的受害者。

大概是基於這段經緯，雷歐好像很關心她。雖然看起來不像情侶，但雷歐給人放不下她的印象。至於女方則是曾經有點嬌羞承認自己喜歡雷歐。

因為是這樣的她，所以達也停下腳步取出行動終端裝置，想說至少幫她報警。

老實說，達也不想繼續有所牽扯。完全沒想過親自出手救她。

黑衣人看起來也不是搭訕失敗改以暴力發洩的流氓。恐怕是工作糾紛衍生出來的事件。只要別貿然抵抗，肯定至少能在警察趕到之前確保平安。

達也的失算，應該在於這名少女的視力好到出乎意料。

「司波先生！」

少女以求助的聲音叫了達也的名字。黑衣人朝達也轉身，路人一看向少女與黑衣人就立刻別過臉。只是在這時候，部分路人也對達也投以責備的視線。

去救她吧。他們的眼神這麼說。

說起來很任性。但是走到這一步，即使是達也亦終究不忍扔下朋友的熟人離開。

達也在心中對雷歐記下一筆人情債，走向少女。

「宇佐美，妳又惹事？」

宇佐美是少女的本名。全名是宇佐美夕姬。達也不知道她身為虛擬偶像的名字。畢竟她不曾自我介紹，達也同樣對此沒興趣。

達也以粗魯語氣搭話，不只是因為以前見面的時候她本人這麼要求，也是要在這個場合讓黑衣人誤以為兩人「交情還不錯」。「又」這個字是虛張聲勢謊稱自己知道內情。實際上，達也完全不知道她和經紀公司之間具體上發生什麼事。

「司波先生，救我！」

少女想跑向達也。

但是，一名黑衣人抓住她的手臂阻止。

「給我滾！」

另一名黑衣人不是說出像樣的解釋，而是突然威嚇達也。

這些黑衣人大概認為達也頂多是大學生而瞧不起，卻也證明他們是沒見過什麼大場面的小角色。如果是這種工作的熟手，肯定會試著避免槓上局外人的風險，就算要威脅，應該也會講得更委婉一點。

達也當然不會害怕這種程度的威脅。
他不是從行動終端裝置取下語音通訊元件，而是以免持通話模式撥打一一〇。
『您好，這裡是警察。怎麼了嗎？』
從加大音量的揚聲器，清楚聽得到接電話的警察聲音。達也、少女與黑衣人都聽得到。
「救命啊！」
少女用盡力氣大喊。
黑衣人連忙摀住她的嘴，但為時已晚。
『怎麼了？』
電話另一頭的警察大概也判斷事情非比尋常吧，揚聲器傳出急迫的聲音。聽到求救聲是嬌憐少女的聲音，警察想必也更有幹勁。
「一名少女被三名黑衣男性包圍。」
達也回答警察的問題，接著告知此處的詳細地址。警察肯定從定位情報系統掌握了通話位置，但這是以防萬一。
「小子！」
一名黑衣人衝出來，朝達也手上的行動終端裝置伸出手。
達也輕盈躲開他的手。

黑衣人一個踩空，差點跌倒。

這名黑衣人看起來比達也高，體重則是重了許多，但實力似乎沒體格那麼好，甚至像是空有一具好身體。

姿勢破綻百出。要制伏他很簡單，但達也刻意什麼都不做。

達也視線一角看見剛才威嚇他的黑衣人將手伸進懷裡。

達也提防是手槍，但男性取出的是收在木鞘，稱為「合口」的短刀。

包括身上的全套黑西裝在內，或許是意外重視傳統的個性。

「笑什麼？」

達也刻意沒忍住失笑。

講得淺顯一點就是挑釁，但黑衣人輕易上鉤。

黑衣人隨便架起短刀，忘記和同伴聯手就衝過來。

達也一記前踢直搗對方腹部。

黑衣人短刀脫手，往前倒下。

剛才最先衝過來的黑衣人一號，慢半拍想從後方架住達也。

大概是想從腋下鎖住達也雙手封鎖動作吧。但是本應合作出擊的同伴已經倒下，這麼做就沒有意義。

而且達也被男性抱住不會開心，他沒這種嗜好。
既然對方已經動刀，就不必戒慎自己防衛過度。
達也主動逼近從背後襲擊的黑衣人。
手肘打中胸口中央，利用膝蓋的彈力就這麼震飛對方。
黑衣人四腳朝天倒在已施作鋪面的地上，痛苦翻滾。之所以搔抓胸口，大概是因為無法順利呼吸吧。
摀住少女嘴巴的那名黑衣人，交互看著一招就被擊敗倒地的同伴們，然後一臉恐慌推開少女放走她，發出怪叫扔下同伴逃走。

◇　◇　◇

警察趕到現場，已經是第三名黑衣人逃走一陣子之後的事。
因為達也攜帶ＣＡＤ，所以警察剛開始嚴厲以對。
不過夕姬熱心作證，現場掉落的短刀也確認有黑衣人的指紋，所以達也還算早早解脫。

「……這件事本來應該就此告一段落才對。」

達也救出夕姬，稱不上案件的這場風波結束兩天後的夜晚。

暗自（沒通知達也與深雪的意思）來到東京的文彌，在黑羽家經常投宿的飯店附設咖啡廳，以這句話總結那天晚上的事件。

「不過，照例沒有就此結束？」

坐在文彌正對面的嬌小「少女」，以不悅的表情問。

「那群黑衣人，不是拿演藝圈糾紛賺錢的普通流氓。」

文彌拿起咖啡杯送到嘴邊。

雖然現在不會被誤認是少女，但是穿上女裝就會化為嬌憐美少女的文彌，平常看起來也是頗為漂亮的少年。以高中男生來說個頭較小算是美中不足，不過像這樣在時尚咖啡廳傾杯，也醞釀出「少年貴族」的氣息，反而賞心悅目。

而且說到個頭，「少女」比他矮得多。即使考慮到男女差異，也可以說相當嬌小。長長的黑色直髮以髮箍固定的髮型，胸部與腰部都缺乏肉感的體型，看起來只像是不到國中生的年紀，但是好強的眼神感覺不到稚嫩氣息。其實可能是不適合稱為「少女」的年齡。

「遇襲的少女宇佐美夕姬，不是普通的『裡面的人』。是失敗的調整體魔法師。」

「失敗？意思是沒有魔法天分？」

小小的「少女」以**只**符合好強眼神的粗魯語氣詢問文彌。

「對。她無法以自己的意願使用魔法。」

「……這樣不就不能叫做魔法師了？」

「好像擁有潛在的魔法因子。即使她無法使用魔法，她的後代或許也能使用。」

「……原來是這麼回事。」

「少女」露出察覺某些事的表情，輕輕嘆口氣。

「沒錢與技術製作調整體的傢伙，如果想要輕鬆快速得到魔法師……」

「哎，就是這麼回事吧。」

文彌沒讓「少女」說完。

魔法資質會遺傳。無法使用魔法卻擁有魔法師潛能的女性生下魔法師後代的機率，比非魔法師的父母生下突變魔法師的可能性高。如果男方是魔法師，機率會更高。

抓走擁有魔法師潛力的少女，讓她和魔法師生下許多孩子，從中獲得實戰等級的魔法師。這種想法的根據絕對不算薄弱。沒有資金與技術建造自用調整體設施的國家若要擴充魔法師戰力，這甚至可說是最簡單迅速的手段。

只不過，如果捕捉對象是自己國家的少女，就僅止於人道上的問題，但要是從外國綁架，一旦曝光就是外交上的大問題。即使被視為一種侵略行為遭受武力反擊也不奇怪。

除非自己國家暴露在相當嚴重的軍事威脅，否則應該不會斷然這麼硬來。反過來說，軍事情勢危急的國家——例如為大亞聯盟壓力所苦的東南亞同盟各國，尤其是直接相鄰的越南，或是海洋權益明顯遭受侵害而頭痛的菲律賓，軍方很可能有部分勢力失控。

「那些黑衣人背後是菲律賓黑幫撐腰。」

文彌說出的真相，對於「少女」來說並不意外。

「菲律賓那邊的傢伙啊……要說妥當也算妥當吧。」

「少女」單邊手肘撐在桌面，手指伸入長長的黑髮支撐小小的頭，這次是深深嘆口氣。

「我說啊……其實我不想問，不過那個黑幫會不會鎖定『那個人』？」

「少女」就這麼托著腮，從瀏海縫隙揚起視線，如此詢問文彌。

「如果達也哥哥沒被鎖定，就不會對妳說這件事了，有希。」

「真是的，那個人……麻煩事也太愛他了吧……」

少女——榛有希無力垂下頭。

她暫時維持這個姿勢，不過大概覺得這樣下去沒完沒了，以意外抖擻的動作抬頭。

「……還有，文彌，我應該說過好幾次，我比可是你大三歲。你用平輩語氣是在所難免，但是不要直接叫我的名字。要叫我有希小姐。」

「我想我也反覆說過，有希，我是妳的雇主耶？」

「好啦好啦……」

大概認為文彌反正不會聽進去，有希沒堅持一定要加「小姐」。不過她也直接以名字稱呼文彌，所以彼此彼此。

「所以我保護那個『裡面的人』就好嗎？還是要收拾黑幫？」

有希雙眼收起半胡鬧的氣息。

文彌嘴唇也收起微笑。

「想請妳收拾黑衣人。妳比較擅長這方面吧？」

「算是吧。因為我是殺手。」

有希露出猙獰的笑容。只有眼神銳利，其他部位是娃娃臉的有希不適合這張笑容，卻反而凸顯她的異常性。

「菲律賓黑幫由我這邊解決，所以不用在意。」

文彌以高中生閒話家常的語氣與表情補充說。

其中看不出絲毫的異常性。

◇◇◇

「非列管極道幫派——出多興業，首領姓名是三角健三……姓三角所以取名出多（delta），這也太隨便了吧？」

有希在她搭檔工作用的廂型車上瀏覽文彌傳來的調查資料，以傻眼的語氣呢喃。

「淺顯易懂不是很好嗎？」

駕駛座的男性回應她的低語。他從五年多前就負責有希的駕駛、情報販子、武器調度、雜物調度與其他各種後援工作，是有希的搭檔。也可以說是有希最知心的對象。

正因如此，有希在他面前會不小心口無遮攔。

「……我出發了。」

大概是多嘴亂講話覺得不好意思，有希沒直接回應男性的話語，手按在副駕駛座車門。

「Nut，小心點。」

男性年齡是三十五到四十歲。即使有希外表和年齡相符，他使用敬語也給人奇妙的印象吧。不過這在兩人之間很正常。

此外「Nut」是有希的綽號，應該說像是識別代號。「榛」是「hazel」，再從「hazelnut」取「Nut」為名。「Nut」除了「堅果」還有「瘋狂」的意思，這個代號包括這兩種意思。

「今天我只打算偵查，不過也可能突然就槓上。」

「換句話說，一如往常是吧。通訊機請開著喔。」

「我知道。即使沒事，我結束之後也會聯絡你，到時麻煩來接我。」

「請交給我吧。」

有希下車站在道路上，目送小型車駛離之後，自己也開始行動。

◇◇◇

這個幫派是沒列入「極道幫派列管名單」的小規模弱小組織——這是外界的認知。總部雖然是自己的財產，也只是四層樓高的小建築物。然而內部是無法從平凡外表想像的「電子要塞」。

「卡斯提首領，別這麼急。」

出多興業的「社長」三角健三，以高傲態度朝著牆面內嵌的視訊電話螢幕高聲說。

『三角社長，你要我別急，不過在那之後已經一個多星期了啊？』

螢幕上，皮膚微黑的中年男性以不耐煩的語氣回嘴。

「所以？哪裡出問題嗎？『替代用』的商品，我想應該已經送過去了。」

『「商品」我明明一開始就已經指定了！』

「做這種生意，更換商品是常有的事。卡斯提首領，不是嗎？」

規模在東南亞也誇稱數一數二的黑幫首領——卡洛・卡斯提，對上事務所設立在東京一角的小規模極道幫派**社長**——三角健三。卡洛．卡斯提的階級地位肯定比較高。

不過實際比對兩人的態度，始終保持從容的是三角健三。若問誰的階級比較高，十人應該有九人會回答是三角吧。

『這樣軍方哪可能會接受！』

「哦？軍方啊……」

三角刻意咧嘴一笑。

卡斯提露出「糟了！」的表情，顯露慌張的樣子。

「哈哈哈，用不著隱瞞吧？古今中外，無論是大海的哪一側，軍方肯定都有這方面的需求。出貨的『商品』要怎麼『享受』，這邊不會在意。不過，這時代的女高中生居然值得讓軍方高層這麼著迷，我有點難以置信。」

『呃，不，這……』

「哦～，所以才指定要虛擬偶像的『素材』嗎？這就恕我失禮了。如果先說明有這種嗜好，這邊也會配合準備客人喜歡的女生。」

『——我重新把進貨名單傳過去。希望你這次可以確實準備。』

通話單方面結束，三角朝著螢幕露出嘲笑。

「假裝應付戀童癖真是辛苦你了，卡洛．卡斯提。」

三角送去的**潛在魔法師少女們**，實際上被菲律賓軍方用在哪裡，三角早就知道了。雖然也附加「享受」的另一面，但這不是主要目的。

即使如此，對他的生意來說都一樣。準備符合條件的少女之後出貨。無論商品是魔法師還是普通少女，做的事情都一樣。

只是如果商品特殊，風險就相對增加。

這也是因為報酬優渥，所以必須這麼做。

三角轉動椅子，從牆壁控制台重新面向辦公桌。

以真正桃花心木製造的厚重辦公桌擺著對講機。按下按鍵，立刻傳來「找我嗎，社長」的回應。

「杉屋，關於那個小子，查出什麼了嗎？」

『不好意思。還是一樣只知道名字與住處，以及就讀魔法大學附設第一高中的二年級。』

「要花多久？」

『屬下丟臉了。司波達也好像會出入九重寺……』

「九重寺？是那個九重八雲的徒弟嗎？」

至今即使不悅板著臉也不改從容態度的三角，聽完臉色大變。

『不，好像不是徒弟……』

「不過，是可以進出寺廟的交情吧？」

『好像是。』

三角面有難色思考。

在對講機另一頭開始洋溢焦急氣息的時候，三角才終於開口。

「……九重八雲宣稱不介入世俗大小事。既然司波達也不是徒弟，那個男的應該不會出馬。要是杯弓蛇影就做不了這個生意。不提這個，知道小子和丫頭的關係了嗎？」

『知道。宇佐美夕姬的「男人」是司波達也的朋友。』

「……只有這樣？只有這等關係，他就從極道手中救出丫頭？」

『是的。』

「…………」

『社長？』

「叫做司波的小子真的很狂……調查中止，也收手別管那個丫頭了。」

『可以嗎？這樣的話，我們的面子……』

「面子這種無聊的東西，送給那些『真正』的極道吃掉吧。應付瘋狂的小鬼不划算。」

『——知道了。』

「對了，記得確實上個保險啊。」

『屬下明白。能夠狙擊那小子住家的位置已經準備好榴彈槍。』

「這樣就好。再來……我想想，上次工作用到的那些兼職傢伙，在身分被查明之前全部處理掉。」

用來抓少女們的黑衣人，不是出多興業的**正職人員**，是以藥物與術法打造成黑衣人的**兼職人員**。沒有花太多費用教育，所以即使當成免洗工具，三角的荷包也不痛不癢。

『屬下立刻去埋葬他們。』

「別疏於警戒啊。不知道瘋子會出什麼招。」

說不定，收手的這個決定下得太慢了。

三角感受著一絲不安，開始檢視早早就從菲律賓寄來的名單。

◇　◇　◇

榛有希的職業是殺手。

如她自己所說，她擅長殺人，潛入與逃走的技能也高超過人。

有希不是魔法師，無法使用魔法。即使如此，她悄悄接近目標對象的技術，也不輸給能使用魔法的暗殺者。這不只是自負，是公認的事實。

不過，即使能夠神不知鬼不覺地潛入，她也不太算是擅長神不知鬼不覺地逃離。因為她的逃走手段基本上是殺光所有人，或是使用造成幻覺、昏迷效果的毒氣。

所以關於目標對象的情報，仰賴情報販子的提供。這一點從她受僱於黑羽家之前就沒變。入行當殺手之後一直以「組織旗下殺手」身分活到現在的她，工作形式是根據組織調查的情報決定如何接近目標對象，只有接近路徑與逃走路線是親自確認，然後下定決心執行計畫。

「這真的是要塞啊……」

親眼確認本次目標——出多興業的大樓之後，有希不禁呻吟。

有希沒有從外部透視大樓內部構造的特殊能力。「要塞」單純是她的印象，是直覺。不過在最後的最後還是自己的感覺可靠。她不憑道理就堅信這一點。實際上，組織取得的事前情報和工作現場狀況有差異，多虧遵從直覺而撿回一條命的情節，至今上演過好幾次。

（那邊與那邊是是監視器，那邊是紅外線嗎？那個應該是微波雷達的收訊器……）

而且光是從外部能視認的保全機器，就足以讓有希失去幹勁。

她早早就放棄暗中潛入。

（說真的，如果能使用炸彈之類的該有多好……）

可惜有希的雇主要求她工作的時候精明一點。殺人現場染滿血還在容許範圍，然而殃及無辜的一般民眾就是大忌。炸彈或高致命性的毒氣基本上不會准許使用——而且有希自己也不喜歡使用炸彈或毒氣暗殺。要使用毒氣也是非致命性的類型，炸彈則是一開始就不考慮。

（強行闖入打倒首領之後逃離……吧。）

自己都覺得這個結論是蠻幹，但是別無他法。

有希在內心嘆氣。

不過幸好，多虧兩天後取得意想不到的情報，有希免於進行特攻作戰。

◇◇◇

「卡斯提首領……你是認真的？」

『我不會拿這種事開玩笑。』

「真的要來日本？」

三角以難以置信的表情，以懷疑對方是否正常的語氣，朝著視訊電話詢問。

「直接來日本領商品，親自帶回菲律賓？哪裡有必要背負這種風險？日本的警察與海關可不是無能啊！」

實際上，三角也懷疑卡斯提瘋了，才會將辛苦順利維持至今的交易管道引導到危險的方向。

『三角社長，這要怪你啊。』

但是卡斯提也露出千百個不願意的表情，證明他沒有發瘋。

『多虧你送「不良品」過來，才惹得我的客戶不開心。』

「形容成『不良品』太過分了。我只會送滿足條件的『商品』過去。」

『商品確實包含這邊需要的「成分」，但問題不在這裡。你送過來的包裹，沒包含客戶「特別指定」的商品，害得客戶破口大罵說他丟盡面子。』

「面子，面子嗎！每個人都一樣，為什麼計較這種不值一毛錢的東西？卡斯提首領，我無法理解！」

『不過三角社長，我以為依照業界習慣，你們最計較的就是面子。』

三角難掩不耐，畫面中的卡斯提挖苦般扭曲嘴角。

『總之，既然客戶要我直接去採購，我就不能拒絕。這邊已經安排船隻，兩天後在橫濱見面吧。』

「喂，等等！你說兩天後？難道這通電話是從船上打的？」
視訊電話的畫面變黑。卡斯提沒回應。
「……這個冒失的傢伙。要是被竊聽怎麼辦？」
三角響亮咂嘴。
不過，現在收集到的商品在兩天後出貨，本來就是原定行程。此外還有「倉庫」的問題。調不到船的話另當別論，但如果只是換一艘船載貨，就無法以此為藉口變更預定。
「杉屋！過來一下！」
三角朝著桌上的對講機大喊。
立刻有人輕敲社長室的門。
「社長，您找我嗎？」
「進來。」
聽到三角盡顯不悅的聲音，堪稱他左右手的部下杉屋匆忙入內。
「後天的交易，卡斯提會親自過來。」
「卡斯提首領？……要派車到羽田機場嗎？」
杉屋自以為貼心，回應他的卻是三角的怒罵。
「不是飛機！是船！」

「咦？可是如果從馬尼拉搭船，應該來不及交易吧……」

「那個傢伙，居然從船上打電話過來！」

杉屋也終於明白三角難得暴怒的原因了。

三角是膽大包天的男人，但只在保全方面慎重到懦弱的程度。不對，形容為「一絲不苟」或許比較正確。而且雖然不怕冒風險，卻不喜歡刻意背負可以迴避的風險。

卡斯提同時觸犯他這兩個禁忌。

「……那個笨蛋做都做了，那也沒辦法。後天的『出貨』也不能中止。既然卡斯提那傢伙親自過來，我也不能不去見個面。」

「屬下會讓底下所有人負責警備。」

「交給你了，杉屋。你宣稱的『根來眾的後裔』是不是空頭支票，就讓我見識一下吧？」

「社長，請交給我吧。」

杉屋朝三角深深鞠躬。

三角像是心情終於平復下來，身體向後躺在椅背上。

◇◇◇

西元二〇九六年五月六日，星期日。

三角與卡斯提交易當晚。

有希躲在本牧碼頭的某間倉庫。

周圍是哭到精疲力盡的少女們。年紀大約從小學高年級到高中生都有。以有希的外表，即使混入她們之中也完全不突兀。

之所以不起眼，是因為少女們都被換上像是浴衣的單層和服，有希也在工作用的衣服外面加穿了同樣的單層和服。

即使遭受監禁，少女們也都很乾淨。因為是商品，所以即使是黑道也會關心她們的外表吧。選擇像是浴衣的和服，肯定是因為不必在意尺寸問題。

無論如何，她們沒餘力在意有希，這樣正合有希的意。即使沒產生騷動，光是眾人的意識集中過來，就可能引起極道的注意。

潛入倉庫很簡單。守衛只注意是否有人想從裡面逃出去，完全沒提防外部的入侵者。要同時監視人員的進與出，是一件意外困難的事。有希也知道這一點，所以並不是瞧不起極道。她只覺得「謝謝你們沒有出乎意料地能幹」。

「喂，出來。」

倉庫門開啟，一個壓低的凶惡聲音從外頭這麼叫。射進來的照明強光，使得少女們遮住眼睛或別過頭。

有希假裝遮住雙眼，仔細觀察門口附近。門的兩側各有兩人，人數共四人。兩人組是一人拿槍，一人拿金屬探測機。以極道來說是相當齊全的裝備，但有希已經看過保全裝置異常齊全的總部大樓，所以不感意外。

朝著帶出倉庫的少女逐一使用金屬探測器的謹慎做法也在預料之中。有希反倒感謝他們沒以觸摸的方式檢查全身。此外因為人數太多，所以沒有逐一檢視長相，這一點雖然正如猜想，但有希還是鬆了口氣。

聽得到「都到齊了吧？」「是，都在！」的問答。監禁人數和帶出來的人數一致，所以一般來說不會認為倉庫暗處還有一個人「被迫熟睡」。為求謹慎，有希選擇和自己體型一致的少女，不過或許隨便找一個也沒關係。

話說回來，明明二十多名少女即將被賣到外國，警察沒發現嗎？有希認為事情應該可以鬧得更大。這個國家表面上治安良好，但是都會的黑暗面或許比善良市民想像的深邃許多——不過殺手有希沒資格這麼說就是了。

少女們踩出啪噠啪噠的聲音前進。腳上穿的不是木屐而是膠底涼鞋，大概是終究在意腳步聲吧。有希身為現代的孩子，穿涼鞋也比木屐便於行動，所以這方面值得慶幸。

被帶往的地方停著一艘中型貨船，代表少女們真的是當成商品出貨。不過也是因為客船會嚴格進行偷渡檢查吧。

「卡斯提首領，歡迎來到日本。」

在極道之中穿著特別氣派（看起來很貴）的西裝，年約五十歲的一名男性走向前大聲說。

是有希的下手目標——三角健三。個頭看起來比照片小，只不過沒給人窮酸的印象，反倒覺得他率領更大的組織也不奇怪。

「三角社長，好久不見。」

相對的，卡斯提比照片福泰得多。在這個時代無論男性還是女性，看起來「過胖」都是很稀奇的事。肥胖能以藥物治療，所以卡斯提的體型應該是故意的。或許在他居住的環境保有「肥胖代表富裕」的文化。若是如此，有希覺得他有點走錯時代。

總之確認目標了。沒有繼續觀察的意義。

有希著手工作。

單層和服在空中飛舞。

有希脫掉和服，順勢往前跑。

本應失去抵抗力氣的少女突然做出奇特行徑，極道與黑幫都愣住了。

脫掉和服變得「赤裸」的少女如果往後逃就算了，居然是往前跑，所以更令人不知所措。

有希連涼鞋也脫掉。乍看是赤腳，不過她穿了防割纖維的褲襪全面包覆腳部。看起來赤裸當然也是錯覺，她穿著像是韻律服的膚色緊身衣。

有希從貼在腋下的薄刀套抽出小型刀。刀柄是樹脂，刀身是玻璃。是不會被金屬探測器感應到的特製暗殺用刀。

「社長！」

有希轉眼之間逼近三角，一名高大的中年男性擋在她面前。

他的長相也記載在文彌傳給有希的資料。是三角的親信，叫做杉屋。多虧如此，有希免於感到困惑。

有希毫不猶豫將玻璃刀插向杉屋喉頭。

筆直刺入，筆直抽出。

刀子幾乎沒受到抵抗——有希心理毫無抵抗，就奪走杉屋的生命。

杉屋喉頭噴出血。

有希已經從他身旁經過，沒被鮮血濺到妨礙工作。她不會犯下這種外行人的失誤。

三角大概是被杉屋推開，比剛才所站的位置遠離有希一步。這種程度在誤差範圍內。

她並不是因為這樣而失手沒解決三角。
有希停下腳步，零延遲往側邊一跳。
子彈橫向掃過她剛才如果筆直前進時的胸口位置。
不是手槍。狙擊槍的子彈接連襲擊有希。
保守來看也屬於一流水準的狙擊手超過十人，分別配置在貨櫃上或起重機上。
有希翻身躲進小貨櫃後方咂嘴。
直到即將中彈都沒察覺狙擊手的氣息，她對這樣的自己感到火大。
她絲毫不認為自己大意。如果是普通的狙擊手，她在起跑之前就會察覺。
（根來眾的後裔原來是這麼回事！）
江戶幕府百人組之一——根來組。雖然也有說法認為他們是忍者——忍術使，不過一般都說他們是鐵砲隊。
其實這兩種說法都正確。鐵砲是特殊的技術，百人組是以鐵砲武裝的步兵部隊，也是千真萬確的事實。
但是，根來眾同時也是一群優秀的狙擊手。狙擊手的必要條件是不被敵人察覺。隱藏身形，耐心等待狙擊的機會。這和忍者必備的資質一致。
以前的鐵砲要花時間裝彈，射擊之後毫無防備，在後裝式槍枝普及的近代之後完全沒得比。根來眾身為狙擊手，同時也習得忍者的技術。

有希集中知覺，要從槍聲查出狙擊手的位置。

（……總共十三人，好，記住了！）

有希衝出用來躲子彈的貨櫃暗處。

往側邊移動一個身體的距離，閃躲來自前方的子彈。

傳來少女的慘叫聲，大概是被流彈打中吧。

有希沒在內心輕聲道歉。現在的她沒有這種餘力。

只在瞬間停下腳步，讓側邊射來的子彈經過。

一邊衝刺一邊屈身，閃避來自斜前方的子彈。

並不是看得見步槍子彈。

有希從射手位置預測射線，刻意以直線動作引導對方反應，再反將一軍閃躲狙擊。

有希不是魔法師。假設她是魔法師，一般也無法以這種方式閃躲。

她是異能者。即使沒有魔法技能，也擁有異能之力。

棒有希的異能是身體強化。不是增加身體強度，是提升運動能力。肉體當然強化到足以承受提升之後的身體能力，卻不是能反彈子彈或是從高樓跳下來也不會死之類的超人能力（不是超人般的能力，是只有超人具備的能力）。

她的身體強化始終是提升運動能力與知覺能力。加上她從小就接受暗殺訓練，得以徹底活用這份異能。

她的雙親也是忍者。

不是古式魔法師的忍術使，是以祖先傳承的訓練獲得高度身體操作技術的特殊士兵。這就是有希的家系。

有希在父母死後才知道這件事。她之所以成為殺手，是她即將和父母仇人同歸於盡的時候，被暗殺結社龍頭收容的結果。

報仇絕對不是父母所願，她成為殺手也沒有父母的意志介入。

不過有希之所以能像這樣穿梭在槍林彈雨之中，無疑是她從父母繼承這份能力使然。話是這麼說，但若現狀就這麼進展下去，被射殺也是時間的問題。說起來，能在缺乏遮蔽物的地形條件閃躲來自高處的射擊才奇怪。有希也不認為自己能一直閃躲下去。「只要打倒頭目三角，他們也會停止攻擊」只不過是稱心如意的期望。

有希被擊斃的未來，以及三角被殺導致攻擊中斷的未來，實際上都沒有成真。

第七槍擦過有希肩膀之後，狙擊就此停止。

有希以異能強化的聽力，捕捉到不是囚禁少女們發出的模糊哀號。

接連響起的哀號，合計十三次。

和有希聽出來的狙擊手人數一致。

（文彌，太慢了啦！）

（文彌，來得正好！得救了！）

有希在內心對同一個人同時說出相反的感想，並且筆直跑向目標對象。

面對擋在三角前面朝這邊舉槍瞄準的對手，有希射出手中的刀。

玻璃刀身刺入護衛的喉頭。

即使失去武器，有希的腳也沒放慢。

三角的右手也握著手槍。看來他不是不想弄髒自己雙手的類型。

然而，太遲了。

三角的槍口還沒舉起來朝向有希，有希的右腿就命中他的右手。

沒穿鞋的有希趾尖，頂向三角的手腕內側。

不是以異能強化肢體末端，而是以異能捕捉要害的招式。有希這一腳逼得三角放開手槍。

迴旋踢的腳沒放下來，就這麼改為側踢，有希的腳刀剜向三角的腹部。

三角的腹肌不符年紀鍛鍊得很紮實，卻挨不了有希從重視準確度切換為重視威力的這一腳。

三角雙手按著腹部後退。

有希的膝蓋朝著他的臉部頂過去。

三角對這一招做出反應。

但是雙手交叉的十字防禦，即使迴避直擊也沒能完整接下力道，三角摔個四腳朝天。

有希趁機回收刀子。

膝蓋往下壓住想逃跑的三角胸口讓他無法動彈，就這麼要割開他的喉頭。

「Nut，停。」

此時，熟悉的嗓音出聲制止。

有希將玻璃刀身固定在三角喉頭，然後抬起頭。

以代號叫她的，是身穿吊帶連身裙的鮑伯頭美少女。

「闇，別礙事。」

是為了任務而扮裝的文彌「豔姿」。

有希環視周圍，認知到戰鬥已經結束。

菲律賓黑幫全軍覆沒。

出多興業的極道也沒有任何人站著。

三角是最後一人。

「Nut，可以等一下嗎？」

有希瞪向扮裝為「闇」的文彌。

不過，文彌是有希的雇主。不只是基於立場無法違抗，而且說來火大，有希的戰鬥力也比不上文彌。

刀子抵著三角的喉頭不動，是有希竭盡所能的抵抗。

文彌維持現場狀態，像是觀察般俯視三角的臉。

「是出多興業的三角社長吧？」

「……沒錯。」

三角就這麼僵住不動，回答文彌的問題。大概是在意喉頭的刀子吧。此外，他看起來沒在意文彌的性別。

「如果一五一十招出人口買賣的情報，至少會留你一條小命。當然也要請你交出相關紀錄佐證。」

有希以「講這什麼天真的話」的眼神看文彌。

但文彌也不是基於自己的意願和三角提出這場交易。

「交易對象是外務省。你可以相信我喔。」

為了救出已經被賣到外國的少女們，希望能逮捕人口買賣組織的龍頭。不久之前，這樣的要求透過好幾層的仲介來到文彌手上，正確來說是文彌的父親手上。

「休想要我出賣客戶。」

三角的回應居然是「Ｎｏ」。

不像是把文彌當成少女而瞧不起。看起來不是虛張聲勢，是當真這麼說。

「但這攸關你自己的性命啊？這不是威脅喔。因為那邊的她很凶暴，和我不一樣，馬上就會殺掉你。」

有希聽著文彌在一旁這麼說，心中像是瞧不起般哼了一聲。

文彌確實不會「馬上」殺掉對方。但這是因為他擁有不殺就折磨人的特殊魔法。若是由有希來說，文彌是給予對方**無從承受的**痛苦，最後再取走性命的惡質虐待狂。

「要是殺了我，叫做司波達也的那個小子也會沒命喔。」

但是一聽到三角這句話，不只文彌，有希也變了臉色。

三角像是誇耀勝利般揚起嘴角。

「看來你們相當重視那個小子。」

「你想做什麼？」

文彌以難掩狼狽的語氣問。

三角嘴角笑得愈來愈明顯。

「我已經派人用榴彈槍瞄準那小子的家。只要我停止聯絡，榴彈槍就會一槍轟下去。」

「做什麼傻事……」

「形勢逆轉了。如果不想害那小子死掉，就讓我平安逃走。」

文彌搖了搖頭。

三角的臉染上怒氣。

「喂，以為我在唬你？」

「……說來遺憾，你說的應該是事實吧。」

「既然這樣，立刻叫這丫頭滾開！司波那小子變成怎樣都沒關係嗎？」

「不會變成怎樣喔。」

文彌以和不同於以往的冰冷聲音，愛理不理地告知。

「妳……？」

在這之前，「闇」在三角眼中只是嬌憐的少女。但是隨著這句冷淡的細語，「闇」突然變成性別不詳的詭異存在。

「憑你的手下，動不了達也哥哥一根寒毛。你可以試試看。」

「……妳是那個小子的妹妹？」

文彌無視於三角的誤解。

「Nut，放開他。但是別讓他跑了。」

「這麼麻煩……」

有希嘴裡這麼說，還是照文彌的話做。

在她的認知裡，三角已經向閻王報到。

殺害死者不是殺手的工作。

三角慌張起身。

他迅速看向兩側，卻找不到逃走的機會。

「試試看吧，三角健三。試完的下一秒，你就會死。」

三角聽不懂眼前的「少女」在說什麼。

就這麼沒能理解，在不明的焦躁驅使之下，取出行動終端裝置。

終端裝置解鎖，撥打簡短的號碼。

這是暗號，命令正在狙擊達也家的部下進行暗殺行動。

若是以理性思考，這是自殺行為。

因為三角放開了自己堅信的救生索——名為達也的人質。

但結果正如文彌所說。

下一瞬間。

三角的身體輪廓瓦解。

他原本所站的位置，燃起一盞小小的鬼火。

「只有達也哥哥就算了，居然鎖定深雪小姐也在的自家……」

「真是個笨蛋……！」

有希接續文彌的話語，輕聲說出由衷的感想。

伴隨著昔日犯下相同**重罪**，窺見地獄深淵的那段記憶。

文彌與有希都知道剛才面前發生什麼事。

達也循著三角下令殺害**深雪**的這條「緣」，對他進行「制裁」。

以分解魔法造成人體「消失」。

連遺骨都不留，完全逐出這個世界。

「……有希，這份工作就此結束。」

文彌以切換心情的語氣對有希說。

「……不是得移送給官吏嗎？」

「這是沒辦法的。用資料讓外務省滿意吧。」

「……也對。既然已經『不存在』就沒辦法了。」

殺害三角的是達也。
但是，不可能讓達也負起責任。

有希曾經想殺害達也。

然後，她的靈魂核心被刻上恐懼。
只要這份恐懼還在，就不敢妄想騷擾達也。
達也的所作所為，有希不可能有任何意見。
（敬鬼神而遠之才是上策。）
她打從心底這麼想。

（〈某愚者的消失〉　完）

後記

《司波達也暗殺計畫》第二集，各位覺得如何？看得愉快嗎？

本故事也發表在官方網站上，不過在收錄為文庫本時修改潤飾了不少。最終章整章都是追加的內容，所以讀後感想可能和網路版有點不同。

第一集以西元二〇九四年四月為舞台，這本第二集是西元二〇九六年五月，發生在正傳〈雙七篇〉與〈越野障礙篇〉之間的事件。

雖然時間跳了一大截，不過這部外傳擬定企畫時的方針，就是要描寫正傳各篇之間發生的事件。第一集剛好在正傳找不到適合讓有希與文彌相遇的章節，所以舞台設定在正傳開始之前，不過從這部系列的構想來說，從這本第二集才算是原本的架構。

這部外傳和正傳不同，每一集會完結一篇故事，或是收錄複數的故事來推動系列進行，所以時間軸可能不會依照順序。不過，並沒有從第一集時間點往回寫的計畫。

新角色櫻崎奈穗如正文所述，是正傳第二十五集登場角色，津久葉夕歌的守護者櫻崎千穗相差滿多歲的妹妹。目前沒有讓姊姊千穗出現在《司波達也暗殺計畫》的預定，不過讓這兩人同台演出好像也很有趣。

本書正文所提到「假的邪眼」，指的是正傳〈入學篇〉的魔王（但他有點不配這麼形容）司一使用的催眠術魔法。如果要說真假，本集魔王小西蘭的能力確實是「真邪眼」，不過效果是司一的「假邪眼」比較強。

此外，如果將效果限定在「讓人入睡」，穗香的「眠眼」強得多。魔法技能與姣好外型，尤其是擁有一副好身材，穗香具備「魔女」的資質（笑）。

本系列是《魔法科高中的劣等生》的外傳，所以要是正傳結束，這部也會結束。反過來說，只要正傳繼續寫，這部也會繼續寫下去。第三集也已經預定出版，如果各位再度捧場將是我的榮幸。

（佐島 勤）

國家圖書館出版品預行編目資料

魔法科高中的劣等生：司波達也暗殺計畫 / 佐島勤作；哈泥蛙譯. -- 初版. -- 臺北市：臺灣角川, 2020.05-

冊；　公分. -- (Kadokawa fantastic novels)

譯自：魔法科高校の劣等生 司波達也暗殺計画

ISBN 978-957-743-763-1(第2冊：平裝)

861.57　　109003332

Kadokawa
Fantastic
Novels

魔法科高中的劣等生 司波達也暗殺計畫 2

（原著名：魔法科高校の劣等生 司波達也暗殺計画2）

2020年5月7日 初版第1刷發行

作　　者：佐島 勤
插　　畫：石田可奈
日版設計：BEE-PEE
譯　　者：哈泥蛙

發 行 人：岩崎剛人
總 經 理：楊淑媄
資深總監：許嘉鴻
總 編 輯：蔡佩芬
編　　輯：吳欣怡
美術設計：黃永漢
印　　務：李明修（主任）、張加恩（主任）、張凱棋

發 行 所：台灣角川股份有限公司
地　　址：105台北市光復北路11巷44號5樓
電　　話：（02）2747-2433
傳　　真：（02）2747-2558
網　　址：http://www.kadokawa.com.tw
劃撥帳戶：台灣角川股份有限公司
劃撥帳號：19487412
法律顧問：有澤法律事務所
製　　版：尚騰印刷事業有限公司
ISBN：978-957-743-763-1